脚本:大北はるか
ノベライズ:蒔田陽平

●●

ナイト・ドクター
(下)

扶桑社文庫
0741

本書はドラマ「ナイト・ドクター」のシナリオをもとに小説化したものです。小説化にあたり、内容には若干の変更と創作が加えられておりますことをご了承ください。

なお、この物語はフィクションです。実在の人物・団体とは無関係です。

6

霞がかった月夜――。

年齢も経歴もバラバラの私たちは、夜の病院で出会った。

ナイト・ドクターとして働く私たち五人に課せられた使命、それは――

夜の病院を守ること。

今にも消えそうな命をつなぎとめるために

もう二度とあんな思いをしないために

どんな患者も受け入れ、ただひたすらに走り続けてきた。

身体から鳴り響くＳＯＳのサイレンにも気づかないままに――。

事故現場の工場の前にはすでに数台の消防車と救急車が到着していた。その後ろにドクターカーが停まると、成瀬暁人（なるせあきと）、朝倉美月（あさくらみづき）、深澤新（ふかざわあらた）、そして看護師の新村風太（にいむらふうた）は車から飛び出した。

散乱するスチール製の筋交いや鉄板、段ボール箱の向こうには資材の山に突っ込んだ状態の重機が見える。その周囲を蒼白な表情の作業員たちが右往左往している。

皆は足もとに注意しながら消防隊員たちのほうへと急ぐ。

「あさひ海浜病院の成瀬です。重症者は？」

「現状二名です」と救助活動の指揮をとっている消防隊員が成瀬に答える。「ひとりは崩れた資材の下敷きになっていて、まだ救出できてません。もうひとりは――」

美月の視界が揺らぎ、消防隊員の声が遠ざかっていく。目頭を押さえ、美月は目まいが去るのを待つ。隣から深澤の小さなつぶやきが聞こえてきた。

「なんだよ、これ……」

美月は無理やり顔を上げた。

初めての事故現場を前に立ち尽くす深澤に、「何ビビってんの」と声をかける。「チキン、卒業するんじゃなかったの？」

「いや、だってこんなヤバいって聞いてねえし……」

「情けない。シャキッとしなさいよ、シャキッと！」

消防隊員から情報を聞き終えると、成瀬がふたりを振り向いた。

「朝倉と深澤は奥で動かせずにいる重機の操縦者の処置を頼む。俺たちは資材の下敷きになっている作業員を診る」

「わかりました」とうなずき、「ほら、行くよ」と美月は深澤をうながす。

「お、おう！」

消防隊員に先導され、美月と深澤は、資材の山に埋もれるように機体を傾けている重機のところへやってきた。

操縦席には頭から血を流して意識朦朧となった中年男性の姿があった。周囲ではレスキュー隊員たちが、折り重なった資材を移動させて救出作業にあたっている。

「鴨田昭さん、五十歳。ここの副工場長で、点検中の重機の誤作動で下肢をはさまれています。頭部からの出血もあります。救出までもうしばらくかかりそうです」

消防隊員から説明を受け、美月は操縦席のほうに歩み寄った。

「鴨田さん!?　わかりますか？」

声をかけながら鴨田の頸動脈に触れる。

「徐脈になってる……重機を誤作動させた原因は心原性かもしれない」

「え？」

「急いで処置するよ」

「おう！」と深澤が応えたとき、鴨田が弱々しく手を動かし、工場のさらに奥のほうを必死に指さした。

「鴨田さん？　どうされましたか？」

しかし、鴨田の意識は徐々に薄れていく。

「鴨田さん!?　大丈夫ですか!?」

美月は救出作業中のレスキュー隊員に声をかけた。「先にここでルート確保します」

「わかりました！」

美月は処置を進めながら深澤に指示する。

「あっち見てきて！」

「わ、わかった！」

深澤は鴨田が指さしたほうへと駆けだした。


懐中電灯を手に辺りをキョロキョロと見回していると、「助けてくれ……」と上のほうからか細い声が聞こえてきた。

「助けて……」

深澤は声のする方向にライトを向ける。組み上がった足場板に建築資材が乱雑に重なり、それに埋もれた三十代前半と見られる作業員が苦悶の表情を浮かべている。下半身に目をやり、深澤はハッとした。鉄パイプが右大腿部を貫通しているのだ。

懐中電灯の光でその作業員、浦谷隆平（うらたにりゅうへい）が深澤に気づいて、すがるように言った。

「助けて……」

「い、今、助けを呼んできますから！」

「助けって……あんたが助けてくれるんじゃないのかよ」と浦谷は絶望したような目で深澤を見下ろす。

深澤は慌てて視線をそらし、「すぐに戻りますから！」と逃げるように立ち去った。

重機のところへ戻り、鴨田の処置をしている美月に、「朝倉、あっちに患者が！」と声をかける。「鉄パイプが大腿部に刺さってて動かせない！　どうしたら……」

「……わかった。すぐに行く」

美月は急いで鴨田の処置を終わらせると、作業中のレスキュー隊員に声をかけた。

「救出完了したら、すぐに心電図モニターを！　除細動パッドつけて運んでください」

「わかりました」

立ち上がった瞬間、美月はまたも目まいに襲われ、ふらついた。

「朝倉？」

すぐに体勢を立て直し、「どこ？」と深澤に尋ねる。

「こっち！」

外傷バッグを手に、美月は走りだす。

現場に到着した美月は思わず表情を曇らせる。かなりの高所だ。浦谷が倒れている足場の下の床には大きな血だまりができていた。予想以上に出血が激しい。

「こんなの、どうすれば……」と深澤は絶句する。

美月は躊躇することなく手をかけ、スチール製の足場を上りはじめる。

「おい、朝倉!?」

「早く止血しないと心停止する！ 深澤もラインとるの手伝って」

そのとき、足場が揺れて鉄パイプが美月をかすめるように落ちてきた。

「!?」

「そんな……無理だろ。危険だよ！」

深澤の身体が震えているのを見て、美月は無理をさせるのはやめた。足場のてっぺんまで上ると、「聞こえますか？ 今、助けますからね」と浦谷に声をかける。

しかし、浦谷の反応はない。美月は首に触れて容体を確認する。

「脈の触れも弱くなってる……」

外傷バッグから止血帯を取り出そうと立ち上がったとき、目の前がグラッと揺れた。

美月はとっさに近くの柵に手を伸ばす。体重を預けたとき、ふいに身体が宙に浮いた。

「!?」

外れた鉄パイプとともに、美月は地表へ落下していく。

「朝倉！」

コンクリートの床に叩きつけられ、美月は意識を失った。

「朝倉！　朝倉！」

資材の下敷きになった作業員の処置をしている成瀬の耳に、「朝倉！」と叫ぶ深澤の声が聞こえてきた。

「何かあったんですかね？」と新村が心配そうに声のするほうをうかがう。成瀬は手を動かしながら、近くにいた消防隊員に声をかける。

「すみません。様子を見てきてもらえますか？」

「わかりました」

「朝倉！　おい、しっかりしろ！　朝倉！」

深澤の声が耳に届いたのか、美月は意識を取り戻した。

「朝倉!?」

反射的に身を起こそうとした瞬間、脇の辺りに激痛が走った。顔をしかめる美月を見て、心配そうに深澤が尋ねる。

「おい、大丈夫か!?」

「私は大丈夫だから、早くレスキュー隊呼んできて!」

痛みをこらえて美月は言った。

「でも……」

「早く搬送しないとあの患者は持たない! 急いで!」

「わ、わかった!」

美月のことが気になるが、深澤はその場を離れた。美月は痛む肋骨を押さえながら立ち上がると、ふたたび足場を上りはじめた。

呼吸をするたびに激痛が走る。たぶん、肋骨が折れている。しかし、そんなことを気にしている余裕はない。

美月は浦谷のところにたどり着くと、出血している太腿の付け根に止血帯を巻き、固く締めつけた。

そこに、「大丈夫ですか?」と消防隊員が駆けてきた。「さっき物音が……」

見上げる消防隊員に美月が答える。「大丈夫です。それよりすぐに搬送したい患者がいます。ストレッチャーの準備お願いします」

「はい！」

痛みに耐えながら、美月は処置を続ける。嫌な汗が額ににじんでくるが、それでも必死に手を動かす。

「あと少しの辛抱ですからね！」

浦谷に声をかけたとき、レスキュー隊員を連れて深澤が戻ってきた。

「あそこです！」と深澤が指をさす。「あそこに患者が！」

当たり前のように処置をしている美月の姿が目に入り、深澤は大きく息をついた。


ストレッチャーで運ばれる浦谷を美月と深澤が見送っていると、担当患者の処置を終えた成瀬がやってきた。

「俺たちも戻るぞ」

「はい」と深澤が悄然とした顔を向ける。「俺、結局、何もできなくて、全部朝倉に……」

背後でバタンと音がして、深澤は振り向いた。

地面に倒れている美月を見て、ギョッとする。

「朝倉!?」

慌てて成瀬が駆け寄った。

「朝倉！　おい、しっかりしろ！」

美月の呼吸は浅く、意識もない。容体を診ながら、成瀬は深澤に尋ねた。

「何があった!?」

蒼白になった深澤が答える。「さっき朝倉、あの上から落ちたんです。でも、すぐに立ち直ってたから、大丈夫かと……」

触診して成瀬が言った。「肋骨が折れてる……脈も弱い」

「え!?……でも朝倉、大丈夫だって……」

成瀬は救急隊員に向かって叫んだ。

「すぐにあさひ海浜病院に搬送します！　ストレッチャー！」


救急車のハッチが開き、意識不明状態の美月を乗せたストレッチャーを成瀬が運び出す。そこに駆けつけた桜庭瞬(さくらばしゅん)の足が、美月の姿を見て一瞬止まる。

「美月ちゃん……」

成瀬は桜庭の隣にいた看護師の益田舞子(ますだまいこ)に、「CTの準備急いで」と指示すると、ストレッチャーを院内へと運んでいく。

救急車の後ろに停まったドクターカーから、深澤が降りてきた。うつろな表情の深澤に、思わず桜庭はつかみかかった。

「おい、深澤！　何があったんだよ。何が！」

「……俺のせいだ。俺があのとき……」

それ以上は言葉にならず、深澤はその場に立ち尽くした。


初療室では先に搬送された鴨田をナイト・ドクター指導医の本郷亨(ほんごうとおる)が、浦谷を高岡(たかおか)幸保(ゆきほ)が処置していた。そこに運ばれてきた美月を一瞥するなり、本郷が手を動かしながら成瀬に尋ねる。

「状態は？」

「ショックはありません。多発肋骨骨折。エコーで心嚢(しんのう)液はありませんが、気胸があるかもしれません！」

「怪しいなら、すぐにドレナージしろ」

「はい！」

病院に戻ってすでに十分以上が経っているが、まだ深澤は初療室に入れずにいた。押し寄せる後悔の念に縛りつけられ、どうしても足が動かない。

と、初療室から成瀬が出てきた。

「朝倉は⁉」

駆け寄る深澤に成瀬が答える。「大丈夫だ。骨折の痛みで迷走神経反射を起こして失神しただけだ。命に別状はない」

安堵のあまり、深澤の身体から力が抜けていく。

「それよりも大腿杙創（刃物以外の鈍的な物体、たとえば杭や鉄筋などが刺入した損傷）の浦谷さんのオペに行ってくる。お前も早く仕事に戻れ」

そう言うや、成瀬は急ぎ足で去っていく。

意を決して深澤が初療室に入ると、桜庭が美月を乗せた処置台をＩＣＵに運んでいくところだった。

目が合うも、桜庭は何も言わずにそのまますれ違う。

「……」

患者たちの処置を終えた皆が医局に戻ると、すぐに本郷は事故現場で何が起こったのかを問いただした。

成瀬より先に深澤が口を開いた。

「朝倉が患者の処置をしているときにバランスを崩して高所から落ちて。それなのに俺、朝倉に患者の処置を全部任せて……。もっと俺がちゃんとしていれば、朝倉だってあんなに無理せずに済んだのに。本当にすみませんでした」

頭を下げる深澤を、幸保と成瀬が見つめる。

「朝倉はどうしてバランスを崩したんだ？」

「それは……立ちくらみがしたみたいで。最近疲れた様子だったし……」

「自分にも責任があります」と成瀬が割って入る。「あいつが疲れてることわかってましたが、止めませんでした」

本郷はイスの上に置かれた美月のカバンに目をやると、はみ出しているストラップを手に取った。ＩＤカードがついていたが、この病院のものではなかった。

本郷はその『たちばな救急クリニック』のＩＤカードを見せる。

成瀬はハッとし、深澤は怪訝な顔になる。

「え、どういうことですか？」

「朝倉はここのクリニックでも働いていたんだな」

「！」

幸保は目をつぶり、思わず天を仰いだ。

「あのバカ……」

＊　＊　＊

翌朝の引き継ぎはまたしても荒れた。よりによって新規の患者に朝倉美月の名前が含まれていたからだ。

「救助に駆けつけた救急医が、現場で倒れて運ばれるなどあり得ない！　しかも、その原因が副業による過労だと!?」

怒りをあらわにするセンター長の嘉島征規（かしままさき）に、さすがに成瀬たちも反論できない。すかさず部下の根岸進次郎（ねぎししんじろう）が、点数稼ぎのチャンスとばかりに取り寄せた美月のバイト先のシフト表を嘉島に差し出す。すばやく目を通した嘉島は、それを本郷に突きつけた。

「うちの病院とこのクリニックでの勤務時間を合わせれば、余裕で過労死ラインを越えている！　これはすべて本郷先生、あなたの監督不行き届きのせいじゃないですか？　どう責任とるつもりですか！」

「待ってください！　本郷先生は悪く――」

割って入る桜庭をさえぎるように、本郷は言った。

「監督不行き届き……まさにそのとおりです。申し訳ありませんでした」

頭を下げる本郷に、桜庭、深澤、幸保は驚く。

「どんな処分でも受けるつもりです」

嘉島にそう告げると、本郷はスタッフステーションを去っていった。


目を開けると私服姿の幸保が視界に飛び込んできた。

「やっと気づいたか、お騒がせ女」

記憶が一気に巻き戻され、美月は大きな声をあげた。

「患者さんは!?」

反射的に身を起こした瞬間、あばらに激痛が走る。

「痛たたたたっ！」

「安静にしてなきゃダメでしょ。昨日救出した患者さんなら、全員無事」

幸保の言葉に、美月は安堵する。

「よかった……」

「それより朝倉、肋骨三本折れてたあげく、気胸になってて胸腔ドレナージ（胸腔にチューブを挿入し、空気または血液を排出する処置）したんだよ」

「ウソ……」

「成瀬がすぐに気づいて処置してなかったら、今頃あの世にいたかも」

「……ごめん。そっか、成瀬先輩が……」

美月は自分の胸を見下ろしてハッとする。

「え?……」

「見られたねー」と幸保はニヤニヤ。

「最悪……なんで高岡がやってくんないわけ!?」

「仕方ないでしょ。私は別の患者さんの処置があったんだから」

「ホント気が利かないんだから」と文句をたれると同時に思わず身体をひねってしまい、ふたたび激痛に襲われる。「痛い……」とつぶやいたとき、成瀬がＩＣＵに入ってきた。

「!……」

「じゃ、また来るから」

今度は余計な気を利かせて、幸保は足早に出ていってしまう。

気まずそうな顔を成瀬に向け、美月は言った。

「あの……ご迷惑をおかけして、本当にすみません。命を救っていただき、ありがとうございます……いろいろとご覧になったかと思いますが、感想は受けつけておりませんので。すべて忘れてください」

無表情に美月を見返したまま、成瀬は反応しない。

「先輩？　聞いてます？」

返事をする代わりに美月のバイト先のシフト表を突き出した。

「！」

「どういうことだ？　どうしてこんなことをした？」

「……バレましたか」

「ふざけるな！」と成瀬は美月を怒鳴りつける。「自分が何をしたかわかってるのか!?」

その場の空気が一気に緊迫し、ほかのスタッフたちがチラチラとふたりをうかがう。

「……内緒で働いていたことは謝ります。でも……」

美月はしっかりと成瀬を見返して、言った。

「少しでも多く経験を積みたかったんです。私たちの仕事は、現場で経験を積んでなんぼじゃないですか。なのに突然働き方改革とか言われて、働く時間制限されて……。そんなんじゃ、いつまで経っても先輩に追いつけないままじゃないですか」

「……お前のしたことは、一歩間違えれば患者の命だって奪っていたかもしれない。そのことをわかっているのか？」

黙り込む美月に、

「今のお前は……救急医失格だ」

そう言い残し、成瀬はＩＣＵを出ていった。


院長室を訪れると、先客がいた。本郷はかたわらの応接ソファに悠然と腰をかけている桜庭麗子（さくらばれいこ）に顔を向ける。

「どうして柏桜会の会長さままでこちらに？」

「ナイト・ドクター制度を採用してもうすぐ三か月。ちょうど成果の報告を聞きにきたところだったの」と麗子は手にした報告書をテーブルに置くと、立ち上がる。

「あなたの部下がさっそくまた問題を起こしたみたいね」

「……」

麗子は院長の八雲徳人（やくものりと）へと視線を移した。「この制度は医者の労働環境を改善するために試験的に採用を決めたんです。決められた労働時間を守っていただかないと、この制度を試すこと自体、意味のないものになるんじゃないですか？」

「申し訳ありません……桜庭会長」

謝る八雲をかばうように、本郷が麗子の前に進み出た。

「すべて私の責任です。申し訳ありませんでした」

頭を下げるその姿に、麗子は驚く。顔を上げると、本郷は真剣に訴えた。

「ですが、もう少しだけ時間をいただけないでしょうか。この制度は崩壊寸前の日本の救急医療を救う一筋の光になるかもしれない。会長もそうお考えになったからこそ、採用を認めてくださったわけですよね？」

「……」

「今後は必ずルールを厳守したうえで、成果を出してみせます」

唯我独尊の天才医師らしからぬ殊勝な言葉を聞き、麗子は怪訝そうに本郷を見つめる。


トレーニングウェア姿の成瀬が寮の部屋を出たところに、深澤が帰ってきた。あからさまに落ち込んだ様子で、成瀬の姿も目に入らないようだ。

部屋に入ろうとポケットから鍵を取り出すが、床に落としてしまう。拾おうとして身をかがめたら、今度はバサバサとバッグの中身がこぼれ落ちる。

見ていられず、成瀬は深澤に声をかけた。

「おい、ちょっと顔貸せ」

「え？……」

屋上へと引っ張っていき、成瀬は深澤に語りはじめる。

「お前のせいだけじゃない。俺のほうが……もっとタチが悪い」

意味がわからず、深澤はぼんやりと成瀬を見つめた。

「救急医になってすぐの頃、あいつにそっくりな後輩がいたんだ。負けず嫌いで向上心が高く、患者のためなら飯すら食わずに付きっきりで治療するようなやつだった。でもある日、彼女は……夜勤明けの帰り道、心臓発作を起こし、亡くなった」

「え……」

「二十七歳の若さで、だ。原因は……過労だった」

自分と同い年の救急医を襲った悲劇に、深澤は言葉を失う。

「俺は彼女が働きすぎていたことに気づいていた。でも、何もしようとしなかった。そうやって働くのが当たり前だと思ってしまっていた……。朝倉を見るたび、その彼女を思い出す」

「だから成瀬先生は、朝倉が救急医を続けることに否定的だったんですね」

「結局また、止められなかったけどな」

自嘲するように息をひとつ吐くと、成瀬は言った。

「救急医だって人だ。無理をすれば必ずガタがくる。なんでそんな当たり前のことがわからないんだろうな……あいつは」

悔しそうにこぼれるその言葉から、美月への強い思いを感じる。

普段は突き放すように冷たく振る舞っていても、本当はとても愛情深い人なのだ。

そう成瀬への思いを新たにする深澤だった。

＊＊＊

二週間後。

就業時間よりもかなり早く出勤した深澤が、医局でひとり勉強をしている。空いたままの美月のデスクにふと目を留めたとき、「久しぶり」と当の美月が入ってきた。

「朝倉……。え、もう大丈夫なのか？」

「うん、大丈夫。なんかバストバンドつけてれば、動いてもいいんだって。それより深澤、あんたって案外冷たいのね」

非難めいた物言いに、「え？」と深澤はいぶかしそうになる。

「深澤だけだよ。一度も見舞いにきてくんなかったの」

「！」

「ま、べつにいいんだけどさ」

美月はイスの上に荷物を置くと、着替えのために出ていった。

「……」


開けたばかりのカフェバーで、麗子がビールのジョッキをかたむけている。

「あ〜、おいしい」と満足そうに息を吐き、隣でミネラルウォーターを飲んでいる本郷をからかうように言った。

「あ、ごめんなさいね。あなたはこれから働くんだったわね」

「会長様のおかげで難を逃れたからな。助かったよ」

やけに素直な本郷に、「ねえ、どうして？」と麗子が尋ねる。

「？」

「自分の腕を磨くことにしか興味のなかった人間が、どうしてそこまでするの？　あの子たちのために頭まで下げちゃって。信じらんない」

「生きた証しが欲しくなったのかもな」

「……え？」

「もしこのまま俺が死んだら、これまで積み上げてきた経験も技術も、すべて灰となって消えてしまう。だったら、少しでも使えそうな連中に残したほうがマシだろ」

想像を超えた重い答えに、麗子はおそるおそる、

「……あんた、死ぬの？」と尋ねる。

「いつかはな。俺もお前も」

「紛らわしい言い方しないでよ」

ホッとして、ついついキツい口調になる。「ニューヨーク帰りだかなんだか知らないけど、なんとかならないの？ そのいちいちカッコつけた物言い」

だが、気にせずに本郷は続けた。

「それに……このままだと救急医こそ消えてなくなる。二十四時間診療など夢のまた夢だ。でも夜に働ける一流の医者が育てば、そこにはまた一流の人材が集まってくる」

「……」

「ま、今はまだ理想には程遠いけどな」

カウンターに代金を置くと、本郷は去っていった。

「このたびはご迷惑をおかけして、本当に申し訳ありませんでした！」

医局にメンバーがそろうと、美月は勢いよく頭を下げた。弾みで肋骨に痛みが走り、思わず顔をしかめる。

「ちょっともう……」と幸保が美月を気づかう。「大丈夫なの？」

「大丈夫、大丈夫！」

笑みを見せてはいるが、万全の状態ではないのは明らかだ。深澤は心配し、成瀬はまだ懲りないのかと半ばあきれ気味に美月を見つめる。

美月はおそるおそる本郷の席に近づくと、「あの……これをお受け取りください」と始末書を差し出した。

「次はないぞ。わかってるな？」

「はい……」

始末書を受け取り、本郷は医局を出ていく。

ホッとする美月に幸保が言った。

「何もそんなに焦って復帰する必要ないのに」

「ただでさえ夜の病院は人手不足なんだから、私だけ休んでるわけにはいかないでしょ。さ、仕事、仕事！」

張り切って出ていく美月を、成瀬がさりげなく目で追う。逆に深澤は、そんな成瀬が気になるのだった。

外科や内科、救命救急、子どもから老人まで多種多様な患者が入院している混合病棟に、患者リストを手に美月が診察にやってきた。目的の患者の病室に入り、「鴨田さん、ご気分いかがですか？」と声をかける。

その顔に見覚えがあり、「あれ？　あなたは……」と鴨田は記憶を探る。

「工事現場で」

「ああ、あのときの！　その節はありがとうございました」

「いえ。お身体のほう、順調に回復しているみたいでよかったです」

「おかげさまで」

ベッドテーブルに重ねられた書類を見て、美月は尋ねた。

「お仕事ですか？」

「まあ……。私のせいであんなことになってしまったので、従業員の労災の手続きとか、できることは少しでもやろうかと」

「そうですか……」

向かいのベッドでは浦谷が寝ている。ふたりの会話が聞こえたのか、うっすらと目を開ける。美月が声をかけようとしたとき、スマホが鳴った。

「はい……わかりました。すぐ行きます」

美月は病室を出ると、初療室へと駆けだした。

「六十七歳の山本敏明さん。胸痛は十八時五十分から十分の八程度で続いているそうです」

「わかりました」

新村が急患を受け入れていると、美月が駆け込んできた。

「私が診ます」

すぐに採血にかかり、新村に指示を出す。「12誘導心電図、こっちに！」

「はい！」

そこに成瀬と幸保が戻ってきた。

テキパキと手を動かす美月に、「飛ばしすぎでしょ」と幸保は顔をしかめる。「まだ骨もくっついてないのに。二週間前に死にかけたこと、もう忘れてるみたい」

成瀬はイライラした様子で初療室から去っていく。

軽症者の処置をしながら深澤は、活き活きと働く美月を複雑な思いで見つめている。

処置を終え、患者を看護師に引き渡したとき、ホットラインが鳴った。美月は痛む脇腹を押さえつつ、受話器を取る。「はい。あさひ海浜病院救命救急センターです」

「笠松消防より、ガス配管工事現場の事故です。患者はおそらく二名。現場にドクターの派遣を要請します」

うなずく本郷を見て、美月が応じる。「すぐに向かいます」

「出動は成瀬、行けるか？」

「はい」と本郷にうなずき、成瀬は言った。「深澤を連れていきます」

「え？」

不満そうな美月に本郷が尋ねる。「なんだ？」

「私も行きます。体調なら大丈夫です」

「お前の言葉は信用ならない」と成瀬は即座に却下した。「来られても迷惑だ」

「!?　先輩……」

「いくらなんでも復帰初日に現場は無理でしょ」と幸保が美月を落ち着かせる。「また何かあったらどうするの？」

しかし美月は本郷に、「問題ありません」と詰め寄る。「人手は多いほうがいいに決まってます。私も行かせて──」

「いい加減にしろよ！」と深澤が美月を怒鳴りつけた。

「……え？」

「患者、患者って、どうしてもっと自分のことを考えられないんだよ！」

「深澤？……」

「朝倉が患者を大事に思うように、俺たちだって朝倉のことを大事に思ってんだよ！心配してんだよ！」

「！」

「本郷先生だって朝倉のせいで責任とれって責められて、みんなの前で頭下げて……」

「え？……」

「どれだけ周りに迷惑かければ気が済むんだよ！」

深澤の言葉に美月はぼう然と立ち尽くす。

「喧嘩してる場合じゃないだろ。さっさと行け」と本郷が成瀬をうながす。

「ほら、深澤。行くぞ」

駆けだす成瀬のあとを、美月を気にかけながら深澤が続く。幸保もチラと美月をうかがう。美月は力なく本郷に向かって口を開いた。

「本郷先生、すみま――」

「早く仕事に戻れ」

謝罪するのをさえぎると、本郷は去っていった。


現場に到着した成瀬、深澤、舞子がドクターカーから降りる。すぐに救急隊員が「こっちです！」と三人を事故現場に案内する。

地下二メートルほど掘削された道路脇、ブルーシートの上にぐったりとした作業員の姿がある。作業着は破れ、汚れと血で赤黒く染まっている。

ガス管が走る地下にはまだ負傷者がいるのだろう。緊迫した空気のなか、救急隊員たちが懸命の救出作業を行っている。

悲惨な状況に足をすくませる深澤に、成瀬が告げた。

「深澤、お前が診ろ」

「え？　無理ですよ！　こんな……」

「いいから診ろ！」とどやしつけると、深澤はようやく患者に近づく。「容体は？」

こわごわと触診し、容体を探っていく。

「胸部も圧迫されているのでアスフィキシア（窒息状態）になる可能性があります」

「じゃあ何をする？」

「気道確保して酸素投与。上肢にルートをとって乳酸リンゲルを投与します」

「次は？」

「保温したあとバイタルサインを見て鎮痛剤を考慮します」

「完璧だ。あとはやるだけだ」

成瀬の言葉に深澤は一瞬、ハッとした。

「何を迷う必要がある！」

意を決して「はい！」と答えた。

無我夢中で処置を施す深澤の様子を、成瀬が真剣に見守っている。


ぶ然とした顔で初療室の片づけをしている美月に、幸保が言った。

「深澤のやつ、朝倉がいない間大変だったんだよ」

「え？」

「朝倉が怪我したのは俺のせいだって、自分のこと責めちゃってさ」

「どうして……」

「朝倉が疲れてるのわかってたのに、あの日の患者の処置全部任せっきりにした。もっと自分がちゃんとしてれば、朝倉だって無理せずに済んだかもしれないのにって……。あんたに合わせる顔がないから、お見舞いにも行きづらかったみたいで」

「……」

「頑張るってさ、本人はそれで気持ち満たされる部分もあるかもしれないけど……見てる側からすると心配で、心すり減らすことだってあるんだよ」

あらためて、自分がいかに自分のことしか考えていなかったのかを思い知らされ、美月は落ち込んでしまう。

「先生、こっちもお願いします！」

救急隊員に声をかけられ、成瀬は深澤に、

「あとは俺が診る。行ってこい！」

「はい！」

救急隊員に続いて、深澤は走る。

ブルーシートの上に新たに運び出された患者が横たわっていた。頭部から出血しており、意識も混濁している。

思わず二の足を踏む深澤に、「先生？」と救急隊員が声をかける。

深澤の脳裏に、必死に浦谷の処置をする美月をただぼう然と見上げていた自分の姿がよみがえり、同時に激しい悔恨の情もこみ上げてくる。

もう二度と……！

深澤は患者に駆け寄った。

「大丈夫ですか？　今、診ますからね」

やはり意識レベルが悪い……。

深澤は心配そうに見守る救急隊員に言った。

「ここで挿管します！」

何度も何度も練習した処置法だ。

意を決して手を動かしはじめると身体が覚えていた。

やれる！

処置の途中で患者が痙攣しはじめた。一瞬、不安に襲われるが、すぐに気を取り直す。

頭の中で手順を整理し、声に出す。

「抗痙攣薬を投与。頸椎保護しながら喉頭展開」

喉頭鏡を押し上げるがよく見えない。

「声門が見えない……経鼻挿管に変更。呼気を確認しながらチューブを入れる……」

手順をくり返し唱えて手を動かしていく。鼻腔に挿入したチューブから呼気を確認すると、「できた……」と安堵の息をつく。

深澤のことをぼんやりと考えながら美月が混合病棟を歩いていると、廊下の向こうから松葉杖姿の浦谷がやってきた。

「先生」

「浦谷さん？」

「現場で俺を助けてくれた先生ですよね？　あのときはありがとうございました」

「いえ……。怪我の回復、順調そうでよかったです」

「はい。成瀬先生が、何か新しい方法で治療してくださったみたいで」

「え？」

美月は手にしたタブレットに浦谷のカルテを呼び出す。そこには『健側動脈バイパス法』と記されていた。

浦谷の患部の状態を思い起こしながら成瀬の治療法をイメージしていると、「あの……」と声をかけられた。顔を上げた美月に、浦谷が言う。

「副工場長、鴨田さんなんですが……鴨田さんが重機を誤作動させてしまったのって、心臓のせいなんでしょうか？」

「え？」

「じつは俺たち……なんとなく知ってたんです。鴨田さんに持病があること。でも人手が足りないし鴨田さんがいないと現場が回らないから、疲れてしんどそうにしてても見て見ぬふりをして、頼りっぱなしで……。いつかこうなるんじゃないかって思ってたのに」

身につまされた美月は、うつむいてしまう。

処置を終えた患者を救急車に運び込んだ深澤に、「時間をかけすぎだ」と成瀬が声をかける。「でもお前のおかげで、患者は助かった」

「成瀬先生……」

「お前にはちゃんと知識も技術もあったってことだ。足りなかったのはそれを使う度胸だけだ」

「……」

「この患者は、最後までお前が診ろ」

「……はい！」

救急車が到着して幸保が受け入れ準備を始める。その様子をスタッフステーションから見つめる美月に、本郷が歩み寄る。

「朝倉、お前はここでどうなりたい？」

「え？　それは……どんな患者も受け入れる医者です」

「じゃあ、そのためには何が必要なんだ？」

去っていく本郷と入れ替わるように、成瀬と深澤が重症患者を運び込んできた。

懸命に手を動かすふたりを見ながら、美月は本郷の問いの答えを考える。

「……」

帰宅した深澤が鼻歌まじりで朝食を作っている。チキンライスを卵でくるみ、整えてから皿に移す。ケチャップで背びれと尾ひれを描き、鯛に見立てる。

「めでタイ、なんつって……」

インターフォンが鳴り、深澤はその手を止めた。

ドアを開けると、美月が立っていた。

「朝倉……」

「あのさ……話があるんだけど。ちょっといい？」

「……ああ」

ローテーブルの前に座る美月にとりあえずお茶を出し、自分が座る場所に迷いながら深澤が尋ねる。「あの……話って？」

「……」

「あ、この間のことなら、俺も言いすぎたっていうか、もっと違う言い方があったかもっていうか……もし気分を害したなら――」

「ごめん！」といきなり美月が頭を下げた。

「え？……」

「私、深澤に嫌な思いさせて……。でも、あの日倒れたのは私のせいだから！　だから深澤が責任感じる必要ないから！」

「……わざわざそれを言いに？」

急に恥ずかしくなって、「いただきます！」と美月はグラスのお茶を一気飲みする。

そんな美月を見ながら、「よかった。嫌われてなくて……」と深澤はつぶやく。

慌てて飲んだお茶が気管に入り、美月は咳き込んだ。

「おい、大丈夫か!?」

「痛い……」と肋骨を押さえる美月に、深澤は苦笑。気まずかった空気が和み、ふたりはホッとする。

　ふとテーブル下に積み重なった雑誌の山に気づいて、美月は尋ねた。

「これは？」

「あ、それは桜庭に借りてるイギリスの医学誌」と一冊抜き出し、美月に見せる。

「ウソ！『ニューメディカル』読んでるの!?」

「あいつ今、ビジネススクールと両立してるだろ？　こっちのシフト入れない日がある分、せめて知識はつけたいからって、休みの日にいろいろ海外の論文とか読み漁ってるらしくてさ」

「桜庭が……」

「俺にもためになりそうなやつあったら、貸してくれてるんだよ」

　驚いて美月は目を丸くする。

「これは？」と雑誌の横に置かれたＤＶＤを指さす。

「ああ、それは高岡に借りてて」

「高岡に？」

「あいつ、残業減って現場に出られる機会減ったから、あちこち知り合いたどってオペの映像資料集めてるらしくてさ」

美月の目がさらに丸くなる。

「部屋でよく酒のつまみに見てるらしい。俺も一枚五百円で借りてんだけど、いちいち金取るとか、ほんとセコいよな」

「……」

「朝倉？」

「あ、いや……」

「そ、それよりさ」

思いついたことを口にしようとした途端、心臓が高鳴る。

「朝メシ、心美(ここみ)のぶんもついつい作っちゃって……食ってく？」

「え、いいの？」

「もちろん！　待ってて。すぐ用意するから！」

「ありがと」

跳ねるようにキッチンに移動し、深澤はこっそり拳を握る。

美月はテーブルの上に置かれたテキストに手を伸ばした。至るところに付箋が貼られ、勉強のあとが垣間見られる。

成瀬先輩も新しい治療法を習得するためにセミナーに通っていた。

私が知らないうちに、みんな着実に前に進んでいるんだ……。

鼻歌を歌いながらサラダを作る深澤の後ろ姿を見ながら、美月は本郷からかけられた言葉を思い出していた。

今の私に必要なものってなんだろう。

＊　＊　＊

「鴨田さん？」

声をかけてカーテンを開いた美月は、ハッとした。ベッドがもぬけの殻なのだ。

同室の浦谷が美月に説明する。

「鴨田さん、納期の遅れの件であちこちに謝罪しなきゃいけないみたいで……。電話しに出ていったきり、戻ってこないんです」

ベッドの上で事務作業をしていた鴨田を思い出し、そんなんじゃ身体だけでなく心が休まる暇もないと憂いたとき、ドアの向こうから看護師の声が聞こえてきた。

「どうされました？　大丈夫ですか!?」

美月は慌てて病室を飛び出す。廊下の向こうで胸を押さえて苦しむ鴨田の姿が見えた。

「鴨田さん!?」

そばにいた看護師に「ストレッチャーを！」と指示して美月は鴨田に触れる。

もしかして、また心筋梗塞……!?

翌朝。

スタッフステーションで美月が鴨田のカルテを打ち込んでいると、舞子が呼びにきた。鴨田が目を覚ましたというので、美月はすぐＩＣＵに向かう。

ベッドの上の鴨田の意識がはっきりしているのに安堵しながら、「よかった。気がついたんですね」と声をかける。

「先生……私、行かないと」

身を起こそうとする鴨田を、「ダメです！」と美月は慌てて制止する。「まだ安静にしてないと。鴨田さんはまた心筋梗塞を起こして――」

「でも、早く謝罪しにいかないと」と鴨田は美月をさえぎる。「あのクライアントを逃がしたら、うちの工場は……」

そこに成瀬、深澤、幸保の三人も様子を見にやってきた。ふたりのやりとりを聞き、中に入らずに入口付近で立ち止まる。

「従業員を路頭に迷わせるわけにはいかないんです！」

無理やり起き上がろうとする鴨田に、美月が叫んだ。

「もっと自分の身体のことを考えてください！」

よく通る声を聞きつけ「なに、なに？」と桜庭もＩＣＵの前にやってきた。すかさず幸保が、「しっ！」と人さし指を唇に当てるポーズで黙らせる。

鴨田を説得しようと、美月は必死だ。

「鴨田さんが従業員のみなさんを大事に思うように、従業員のみなさんだって鴨田さんのことを大事に思ってるんです！　心配してるんです！」

成瀬と幸保は思わず深澤を見た。

「俺の言ったセリフ」と深澤は桜庭に身振りで示す。

「マジ!?」と桜庭が口パクで返す。

盛り上がる外野には気づかず、美月は続ける。

「なんでもかんでも背負い込んで頑張るって、自分はそれで気持ち満たされる部分あるかもしれないですけど……見てる側からすると心配で、心すり減らすことだってあるんです」

「今度は私のセリフをパクった」と幸保が身振りでアピール。

「私たちの仕事も働き方改革とか言われて、働く時間制限されて……その分学べる機会も減って、正直、納得できない部分もたくさんありました。でも、よく考えたら働き方改革って、働く時間を減らすことだけじゃないんですよね」

「え？」と鴨田が反応する。

「仕事で毎日同じことをくり返すよりも、たとえば休みの日に自分の知りたい分野の論文を読んでみたり、学びたいオペのＤＶＤを見たり、最新の技術を身につけるためにセミナーに参加したり、同僚の力を借りて勉強したり……そうやって、休んでる間にも学べることはたくさんあって……労働時間が減った分、いかに効率よく作業できるか工夫したり、そういうことも含めてより良い環境を作り出すことが働き方改革なんですよね」

周りの仲間によって自覚させられたばかりなので、美月の言葉には説得力がある。

神妙な面持ちで聞いている鴨田に、美月は続ける。

「きっと鴨田さんにも見つかるはずです。自分ひとりで背負い込むんじゃなくて、もっと職場にいる一人ひとりが工夫することでより快適に働ける環境が」

「朝倉先生……」

拍手の音に、美月は入口へと目をやった。成瀬、深澤、桜庭、幸保が、ニヤニヤしながら自分に向かって手を叩いている。

ウソ!?

全部、聞かれてたの!?

「って、じつはこれ全部同僚の――」

美月が言葉を発する前に、「感動しました！」と鴨田は瞳を輝かせる。

「……え？」

「そうですよね。私はただ、足りない部分は自分ひとりで補えばいいと思い込んで無理をして……本当の意味で職場のみんなのことを考えられてなかったのかもしれません」

「……はあ」

「これからやるべきことが少し見えた気がします。ありがとうございます、朝倉先生！いえ……師匠！」

興奮して身を乗り出す鴨田をかわしながら、美月はチラッと入口をうかがう。バツが悪そうに苦笑する美月を見て、みんなは笑った。

美月が医局に戻ると、「よっ！　師匠！」と桜庭が声をかけてきた。覚悟はしていたが、

とてつもなく気まずい。畳みかけるように幸保がからかうように、

「ひとのセリフ丸パクリして、いいこと言うな～、師匠は」

「さんざん働きまくってた張本人は、師匠ですけどね」と深澤まで乗っかってきた。

「特大ブーメランってやつですよね、師匠！」

愉しそうに桜庭に言われて、「あれはその……つい」と美月は口ごもる。

「偉そうにひとに説教したからには、わかってるんだろうな？」

釘を刺す成瀬に、「はい……」と美月はうなずく。

「もう無理はいたしません！」

しっかりと言質をとって、深澤も成瀬も安堵する。

すでに着替えを終えていた一同が帰ろうとすると、美月が声をかけてきた。

「あ、そういえば桜庭。深澤に貸してる『ニューメディカル』、今度から私にも貸してくれる？　深澤だけズルいでしょ」

「は？」

「あと高岡、オペのＤＶＤ、私にもレンタルさせて」

「はい？」

「先輩も、今度セミナー行くときは私にも声かけてくださいね」

「……」

「じゃ、お疲れさまでした」

医局を出ていく美月を見送ると、桜庭がつぶやく。

「美月ちゃんの向上心って……」

「ブラックホールだな」と成瀬があとを引きとる。

四人はあきれたように顔を見合わせて笑った。

ただひたすらに走り続けてきた。

どんな患者も受け入れるために、同じ道をただひたすらに。

でも、ふと立ち止まり、回り道したその先に、

新しい何かが待っているのかも。

鼻歌まじりで病室の棚に着替えをしまっている深澤をベッドから眺めながら、妹の心美はおかしそうに言った。

「お兄ちゃんってさ、ホントわかりやすいよね」

「何が？」

「美月先生が怪我して入院してるときは、この世の終わりみたいな顔してたくせに、戻ってきたらもう元気」

「！……そんなことねえよ」

「そんなに好きならさ、さっさとデートくらい誘ったら？」

「うるせえな。だから、そんなんじゃないって言ってんだろ！」

バタンと勢いよく棚の扉を閉めて深澤が振り返る。

「あーあ、ほんとチキンなんだから」

「……ん？　今、なんて言った？」

ヤバッと心美は口を押さえる。

「今、チキンって言っただろ！　誰から聞いた!?」

心美の目が泳ぐのを見て、深澤は確信した。

「朝倉だな!?　そうなんだな!?」

心美を問いつめていると、ドアが開く。

「また兄妹ゲンカしてるの？」と入ってきたのは美月だった。

心美は明らかに動揺する。

「はい、心美ちゃん。頼まれてた最新号」と美月は心美にファッション雑誌を渡す。

「ありがとう」と受け取りながら、心美は横目で兄をうかがう。

「おい、朝倉！」

「なに？」

「心美の前で俺のこと、『チキン』って呼んでるだろ！」

ギクッとしながらも、「え？」と美月はその場をとりつくろう。

「兄貴のメンツ、少しは考えろよ。最低だな！」

心美が「ごめん」と口を動かし、美月に両手を合わせる。

「いいじゃんねえ、そのくらい」と美月は開き直った。「もう卒業したんだし」

「よくない！……え、今なんて？」

「卒業したんでしょ？　だってこの前、現場でひとりで処置できたみたいだし」

「そうなの!?」と心美がベッドから身を乗り出す。「スゴいじゃん」

「そっか、俺……チキン卒業か……」

ムクムクと喜びが込みあげてきて、深澤は叫んだ。

「しゃー！」

「そんなに喜ぶこと？」

子どもみたいな深澤にあきれつつ、なんだか美月までうれしくなってしまう。

「心美、俺、チキン卒業だって！　卒業！」
「わかったって。しつこい！」

夜の病院で出会った私たち。
友達でもない。家族でもない。
ただの同僚とも少し違う。
曖昧な関係の私たちはこの先——
どこに向かって歩んでゆくのだろうか。

7

成瀬の指導のもと、戸惑うことなくスムーズに処置を進める深澤をスタッフステーションの桜庭が気にしている。通りがかった新村が初療室に目をやりながら言った。

「見違えましたよねえ、深澤先生」

「え？」

「現場に出てひとりで処置できて、自信ついたんですかね」

自分は現場には出ることができない。

目に見える成長を見せている深澤に桜庭は嫉妬を覚えずにはいられない。

いっぽう、その奥では作業中の美月が幸保と舞子からしつこく合コンに誘われていた。

「だから、行かないって言ってるでしょ」

「相手は公務員だよ？　こんな手堅い相手、逃がす手ないでしょ」

「興味ない」

「ずぼらな格好でいいから！」

「すっぴんでいいですから！」

幸保と舞子は食い下がる。せっかく好条件のランチ会がセッティングできたのに、女性陣のメンツがひとり足りないのだ。

「外来行ってきます」

逃げるように去ってしまった美月の背中を見送り、「ダメか」と幸保がため息をつく。

「ほかに誰かいません？」

「うちの看護師、既婚者かみんな彼氏いて……」

「つらい……」

更衣室で着替えを終えた美月がスマホを確認すると、『大輔（だいすけ）さんが写真を投稿しました』という通知が届いていた。元カレである佐野（さの）大輔の電話番号はアドレスから削除したのにSNSのブックマークを外すのを忘れていたのだ。

どうにも気になって、美月はメッセージをタップしてしまう。画面に現れたのは大輔とマナミの仲睦まじげなツーショット写真だった。

「この人……Gカップ女……！」

スクロールし、添付されたメッセージを読む。

『俺たち結婚しました！　おなかには赤ちゃんがいます♡　家族三人、幸せになります！』

大輔と別れてまだ数か月しか経っていない。

「ウソでしょ……」と美月は思わずよろけてしまう。

帰宅すべく廊下を歩いていた成瀬は、すれ違った医師に「あれ？　成瀬先輩」と声をかけられた。立ち止まると、「ご無沙汰してます」と頭を下げてくる。

誰だったか思い出せずに戸惑う成瀬を見て、その医師は苦笑した。

「やだなあ、覚えてませんか？　同じ医大の後輩だった里中（さとなか）です」

ようやく顔と名前が一致した。二つ下の里中悟（さとる）だ。

「ああ。ここに勤めてるのか？」

「はい。先月から脳外の高梨（たかなし）部長の下で学ばせてもらってて。先輩にお会いできるなんてうれしいです。……今は何を？」

「ナイト・ドクターをしている」

「え……あの噂の？」

里中の表情から、いい噂ではないことが察せられる。

「あ、すみません……。なんか意外です。先輩は救急で経験を積まれたあと、脳外に転科されたと聞いていたので」

そこに、「里中先生」と看護師がやってきた。「カンファ始まりますよ」

「それじゃあ、失礼します」と成瀬に会釈して里中は去っていった。

「……」


目の前に横浜港が広がるベイサイドレストラン。窓際のテーブルには、お洒落をした幸保と舞子が並んで座っている。ふたりの対面には、いかにも公務員といった堅実そうなアラサー男が三人。男性陣に気づかれないように幸保が舞子にささやく。

「今日は絶対、『先生』つけないでくださいね」

「わかってます」

向かいが空席の右端の席に座った幹事の赤松直人（あかまつなおと）がふたりに尋ねた。

「今日は……ふたり？」

「すみません。ひとり急に来られなくなったみたいで……」と幸保が謝ったとき、その空席の後ろに、いつになくフェミニンな格好をした美月が立った。

「！」

「遅くなってごめんなさい。初めまして、朝倉美月です」

口もとに浮かべた柔らかな笑みに、男たちはハートをわしづかみにされたようだ。

幸保と舞子は思わず顔を見合わせてささやく。

「どうして……」

「引き立て要員のはずじゃ……」

笑顔を振りまきながら男性陣に料理を取り分ける美月に、「急なキャラ変もいいとこでしょ」と幸保は小声で毒づく。

「じゃあ普段はみなさん、公務員を？」

赤松が美月にうなずく。「そちらは三人とも看護師をされているんですよね？」

「看護師？」

怪訝そうな美月の表情に気づかず、真ん中の席の男が言った。

「いいなあ。俺も美月ちゃんみたいな可愛い看護師さんにお世話されたいなあ」

美月がうかがうが、幸保はあからさまに視線をそらす。

「違いますよ。私と高岡はナイト――」

「あああ！」とさえぎろうとする幸保を無視して美月は続ける。

「ナイト・ドクターですから」

終わった……と幸保はがっくり肩を落とす。

「ナイト・ドクター?」と赤松が聞き返す。

「夜の病院で働く、夜間専門の医師です」

男たちの表情が微妙に変わる。

「どうかしましたか?」

苦笑いを浮かべて赤松が返す。

「そっか、すごいですね!」

「女性でお医者さん? しかも夜間専門?」

「はい」と美月が真ん中の男にうなずく。

「カッコいいな」

口では褒めつつも、男たちは明らかに引いている。

幸保は目をつむると、天を仰いだ。


「合コン!? 朝倉と!?」

「ランチ会って言ってくれる?」と幸保が自席についた深澤をにらむ。

「あ、ごめん。で、どうだったんだ?」

桜庭と話している舞子を、幸保は悔しげに見つめる。

「それでね、男性三人全員から私だけお食事誘われちゃったんです。もう、どうしよ〜」

「へ〜、やっぱモテるんですね、看護師って」

　ふたりの会話を聞き、「よかった〜」と深澤はデスクに突っ伏す。

「全然よくない！　それもこれも朝倉のせいだから！」

「なんでそうなるの」とパソコンのキーを叩きながら、美月が反応する。

　幸保は恨めしそうに、「あのまま看護師だってことにしておけば、私たちだってもっとモテたかもしれないのに！」

「そんな嘘までついて好かれたって、意味ないでしょ。北斗（ほくと）さんのときに懲りたんじゃなかったの？」

「それとこれとは話が別でしょ。人はどうしたって、最初は肩書や見てくれで相手をふるいにかけるものなの。ナイト・ドクターなんてことがバレたら、闘いのリングにすら上がれない」

「でも意外だよね」と桜庭が美月を見た。「美月ちゃんが合コン行くなんて」

「！」

「たしかに」と深澤も美月をうかがう。

「ひらひらなワンピース着て、ヒールまで履いちゃって。あんなに嫌がってたくせに、どうしたの？」

幸保に問われ、美月は遠い目になる。

「その話には触れないで……」

＊　＊　＊

その夜、最初のホットラインが鳴った。成瀬が出ると、スピーカーから追いつめられたような悲壮感に満ちた声が聞こえてきた。

「笠松消防です！　路上に倒れていた五十代男性の収容依頼です。腹痛を訴えたあと、痙攣発作を起こしています。十八件もの病院に受け入れを断られています。なんとかお願いできませんか!?」

「十八件？」と美月は驚く。

どうしてそんなに……？

「患者の詳細は？」

成瀬が尋ねると、「それは……」となぜか救急隊員は口ごもる。

そこに本郷がやってきた。「受け入れろ」

成瀬はうなずくと、受話器に向かって「運んでください」と言う。

「ありがとうございます！　しゃあああ！」

スピーカーから漏れ聞こえてくる歓喜の叫びに、一同はあ然としてしまう。


救急入口で美月と成瀬が救急車の到着を待っていると、「朝倉先生、すみません！」と舞子が駆けてきた。

「ランチ会した赤松さんなんですが、あれから四〇度近い熱が出て、身体の関節もあちこち痛いって連絡がきて……」

「それは心配ですね……。気軽にうちの病院、受診するように伝えてください」

「わかりました。ありがとうございます」

頭を下げると舞子は院内に戻っていく。

「昼間から合コンか」と成瀬がチクリと刺す。「いまだにそんな非効率的な出会い方を求める連中がいるとはな」

言い訳もできず、美月はバツ悪そうに顔をそむける。そこに救急車が到着した。ハッチが開くと同時に、若い救急隊員が勢いよく飛び降りてきた。

「受け入れていただき、ありがとうございます!!」

その口調ですぐに美月は気がついた。

「さっきのシャウトの人……」

その救急隊員・星崎比呂（ほしざきひろ）は、同僚とともに患者を乗せたストレッチャーを運び出す。

「意識レベル20、サチュレーション、ルームエアで95です！　所持品はなく、身元不明です」

美月はその患者に見覚えがあることに気がついた。骨盤骨折で動けなくなっていたのを路上で応急処置したホームレスだ。

同時に彼がつぶやいた言葉も思い出す。

『なんで助けたんだよ。せっかく、死ねるとこだったのに』――。

ぼんやりと患者を見つめる美月に、「どうした？」と成瀬が声をかける。

「この男性、以前にも救助したことがあって……」

「え？」

初療室に運び入れ、美月と成瀬が処置を開始。エコーを当てながら成瀬が言った。

「総胆管が拡張してる。胆道ドレナージしたほうがよさそうだな」

「そうですね」

「よろしくお願いします！」とふたりに頭を下げ、星崎はストレッチャーを押しながら去っていく。

カルテの患者名に『ミスターF』と美月が入力したとき、深澤と幸保がやってきた。患者の顔を見て、深澤はハッとする。

「この人、前に朝倉が助けた人じゃ？……」

幸保は患者が放つ異臭に顔をしかめながら、

「身元不明の路上生活者か……道理でたらい回しにあうはずね。この時間じゃどこの病院も人手不足なのに、わざわざ手のかかる患者受け入れたいとこなんてないもんね。しかも意識障害って……」

幸保が話し終える前に、美月は足早に初療室を出ていく。

「おい、朝倉!?」

「？」と幸保は深澤と顔を見合わせる。

急いで救急入口に戻ると、幸いまだ星崎の姿があった。

「すみません！」と小走りに追ってきた美月にたじろぎながら、「なんですか？」と警戒感をあらわにする。

「まさか……ホームレスだし、やっぱり受け入れられないとか言いませんよね？」

「あ、違います、違います！　あの男性の搬送記録って残っていませんか？」

「搬送記録？」

「じつは三月末頃にもあの男性を処置したことがあって……骨盤骨折の重症外傷で、みなとみらい近郊の病院に搬送されたと思うんです。搬送記録が残っていれば、身元がわかるんじゃないかと」

星崎は安堵し、表情をやわらげた。

「そういうことでしたら消防署に戻り次第、調べてみます」

「ありがとうございます」

「いえ、こちらこそ本当にありがとうございました」と星崎は丁寧に頭を下げる。

「？」

「じつは自分、救命士になったばっかりで……。さっき搬送中に、このまま患者さんが目の前で亡くなってしまったらどうしようって、マジ焦って……。だから、こちらが受け入れてくださって、本当によかったです」

うれしさに胸が詰まり、「いえ……」と言ったきり美月は言葉が出なくなる。

「じゃあ何かわかり次第、ご連絡しますね。失礼します」

「よろしくお願いします」

処置を終え、容体が安定したミスターFを美月がICUへと運び出す。入れ違いに新たな患者が救急車で運ばれてきた。すぐに幸保が受け入れに向かう。

「風見まどかさん、十四歳。自宅で嘔吐し、激しい腰痛を訴えています」

ストレッチャーを押す救急隊員の後ろから、「まどか！　まどか、しっかりしろ！」と声をかけながら父親の信行がついてくる。

「ブスコパン（痛み止めの薬）お願い！」と幸保が新村に指示する。

「お父さまはこちらへ」と深澤が信行を待合スペースに誘導する。信行は不安そうにチラチラ幸保を見ながら、深澤に続く。

「さっきの女医さん、お名前は？」

「高岡と言いますが」

「研修医の方ですか？」

「いえ、違いますけど」

「そうですか……」

信行はスマホを取り出し、『あさひ海浜病院　高岡　医師』と打ち込んで検索を始める。

その様子を深澤が怪訝そうに見つめる。

まどかの腹部CTの結果を見ながら、幸保が本郷に言った。

「後腹膜に炎症が広がってますね。憩室かアッペの穿破かもしれません」

「早めに試験開腹して、ドレナージしたほうがいいな」

「はい」

痛みに苦しみ、「助けて……」とまどかがうめく。その手を幸保がやさしく握った。

「大丈夫。すぐによくしてあげるからね」

少しホッとしたように、まどかはかすかにうなずく。幸保は笑みを返すと、本郷を振り向いた。

「ご家族に説明に行ってきます」

「頼む」


「手術?」

不安そうに聞き返す信行に、「はい」と幸保がうなずく。「娘さんは後腹膜膿瘍を起こしていて、すぐに手術して体内に溜まった膿を外に出す必要があります」

「……ちょっと待ってください」

信行はスマホを取り出し、『体内　膿　治療方法』とキーワードを検索。出てきた記事に目を通して幸保に言った。

「あの……本当に手術が必要なんでしょうか？」

「え？」

「体内に膿が溜まった場合、抗生剤の点滴だけで改善する場合があると書かれてありますが」と信行はスマホを見せる。

あきれた気持ちを表情に出さないようにしながら幸保が答える。「それは軽度のときです。まどかさんの炎症はすでに広がっていて、痛みも強いです。すぐに手術したほうが治療として確実です」

しばし悩んだ末、「わかりました」と信行はうなずく。しかし、これで終わらなかった。

「でも、手術は昼間の先生にお願いしたいです」

「え？」

「こんなこと言いたくありませんが、夜の病院は研修医やあなたのような若い先生が多いんですよね？」

「それは、まあ……」

「あの子のことは実績のある経験豊富な先生に診ていただきたいんです」

「ちょっと待ってください。私たちでも――」

幸保をさえぎって信行は続ける。「妻を亡くして……たったひとりの大切な娘なんです。すみませんが明日朝いちで、ちゃんとしたいい先生に診てもらえるよう手配していただけませんか？　お願いします」

深々と頭を下げられると、幸保には何も言えなくなる。


ＩＣＵでミスターＦの全身管理をしている美月に、隣のベッドのまどかの管理をしながら深澤が声をかけた。

「その患者さんさ、あのあと……どうしてたのかな？」

「え？」

「目を覚ましたら、ちゃんと治療受けてくれるかな？」

そういえば、深澤と初めて出会ったのはこの患者の処置をしていたときだ。深澤もあの言葉を聞いていたのだ。

「……」

深澤と一緒にスタッフステーションに戻った美月は、ひどく落ち込んだ様子で作業をしている幸保に声をかけた。

「何かあったの？」

幸保に代わって桜庭が答える。「患者ご家族にオペを断られたんだってさ」

「え？……」

「昼間に働いてるちゃんとした医者に治療してほしいんだと」

「なんだよ、それ……」と深澤が憤る。

「やっぱりひとってさ、肩書や見てくれでふるいにかけられるんだよ。夜勤の医者ってだけで、レベル低いって決めつけられた。私が言うことよりもネットの情報を信用された」

悟ったような幸保の言葉に、一同は沈黙してしまう。

「それがお前たちの現実だ」と本郷が容赦なく告げる。「実際どこの病院でも、当直は新米の医者に押しつける場合が多い。腕のある一流の医者ほど、夜中にわざわざ働きたがらないからな」

「……」

「だから俺は、ここを変えにきた」

「え？」と美月が本郷を見る。成瀬、深澤、桜庭、幸保も次の言葉を待つ。

「夜に働く医者が昼間の連中と同等、もしくはそれ以上に優秀だと知れ渡れば、意識の高い優れた医者がここに学びにやってくる。いつの日かナイト・ドクター制度が全国に波及し、お前たちのような夜間専門のドクターがいるのが当たり前となれば、医者の過重労働に頼らない新しい働き方が日本でも実現する。そうなれば、人手不足にあえぐ救急医療の未来を変えられるかもしれない」

「本郷先生……」

感動の面持ちで本郷を見つめる美月に、冷や水をかけるように幸保が言った。

「でも、そんなの理想論ですよね？」

「……」

「一度ついたレッテルって、なかなか剥がれないじゃないですか。たとえ冤罪でも、一度捕まった人間はその後も一生犯罪者扱いされる、みたいな。いくら私たちがこんな小さな病院であがいたところで、長年染みついた夜の病院のイメージがなくなるとは思えません。ここに集まってくる医者なんて、私たち以外にいないと思います」

「じゃあどうする？　このまま患者にまで二流扱いされたまま、あきらめるのか？」

「それは……」

言葉に詰まる幸保から、本郷は成瀬、深澤、桜庭へと視線を移す。しかし、誰も口を開くことなく、逃げるように視線をそらす。

その様子に美月は強いショックを受けた。

「自分たちが変わらないかぎり、何も変わらないぞ」

そう言い残して本郷はスタッフステーションを出ていく。

四人を気にしつつ、美月は本郷を追いかけた。


「本郷先生！」

美月の声に本郷が立ち止まる。

「私は……うれしかったです。ここに来た本郷先生の想いや覚悟を知ることができて。私も、そんな未来が来たらって本気で思います」

「……でも、ほかの連中は違うみたいだな」

「！……」

「同じ場所で同じように働いてるからといって、全員が同じ方向を向いてるとはかぎらない。いつか空中分解しないといいな」

「……」

＊　＊　＊

合コン相手の公務員のひとり、赤松が来院した。高熱に悪寒、関節痛……症状だけを見るとインフルエンザの可能性が高い。しかし、検査結果は陰性だった。

パソコンを前に首をかしげる美月に、「どうした？」と成瀬が声をかける。

「インフルエンザを疑った患者さんがいるんですけど、陰性でした。でも、風邪にしてはかなりつらそうで……」

「気になるなら無理して帰らせず、入院をすすめろ」

「……はい」

美月がスタッフステーションを出ていくと、深澤がパソコン画面を覗き込んだ。赤松直人という名前を確認し、カルテを呼び出す。

「高熱に関節痛か……」

成瀬も横から覗き込むと、言う。「赤松……あいつらが合コンした相手か」

「え!?」

食い入るように情報をチェックしはじめる深澤に成瀬はあきれてしまう。

経過観察室のベッドに横たわる赤松に、美月が話しかける。

「原因がわかるまで念のため入院しましょう」

「はい……」

隣にいた舞子が、「ベッド運びますね」と廊下に押していくと、幸保が通りかかった。

「え？　赤松さん？」

「あ、どうも……」

思わず美月に、「どうしたの？」と尋ねる。

「高熱と関節痛があって、念のために入院してもらうことにした」

「それは心配ですね」と幸保が赤松を気づかう。

「大したことないといいんですけど……。それにしてもふたりとも、本当にこんな時間に働いてるんですね。ナイト・ドクター……でしたっけ？　大変ですね」

「……」

スタッフステーションに戻ると、幸保は感情をあらわにした。

「何も知らないくせに勝手に同情して……なんなの？　べつに昼間の仕事と何も変わら

ないのに」

「また何かあったのか?」と深澤が作業の手を止めて尋ねる。

「結局さ、私たちはあのホームレスと同じなんだよ」

「え?」と美月が幸保をうかがう。

「ホームレスってだけで嫌悪感持たれて避けられる。私たちも……夜働いてるってだけで、目の前で一本境界線引かれる気がするんだよね」

「夜、働いてる人たちは金に困ってたり、苦労してる人も多いからな」と成瀬がうなずく。「同じくくりだと思われても仕方がない」

「……べつにそんなふうに思う人ばっかりじゃないと思いますけど」と美月が言うと、

「出た出た、いい子ちゃん」と幸保が揶揄する。「ランチ会でナイト・ドクターってバレた途端、見向きもされなくなったくせに」

「それは今、関係ないでしょ」

険悪な空気になりそうで、慌てて深澤が止めに入る。

「まあまあ! 落ち着けよ」

「……」

そこに新村が駆け込んできた。

「高岡先生、来てください！　まどかちゃんが！」

幸保はスタッフステーションを飛び出した。

ＩＣＵのベッドでまどかが高熱にあえいでいた。診察を終えた幸保は、急いで待機している信行のもとへと向かう。

「まどかは大丈夫なんですか⁉」

すがりつかんばかりの勢いで尋ねる信行に、深刻な表情で幸保が答える。

「敗血症を起こしているかもしれません。すぐに手術しないと命の危険があります」

「え⁉」

「お願いします。私たちにオペをさせてください」

「でも……」

信行は逡巡して「だったら昼の先生を今すぐ呼んでください」と言う。

「え？……」

「腕のいい先生を呼んでください！　お願いします！」

なりふり構わず頭を下げる信行に、幸保は何も言えなくなる。

そこに本郷が顔を出した。後ろにはいつも助っ人で夜間勤務に入ってくれている森太一と優二の兄弟ドクターの姿もある。

本郷は信行の前に立つと言った。

「でしたらぜひ我々にやらせてください。日勤の医師です」

幸保はあ然として本郷を見る。大嘘をつきながら、顔色ひとつ変えていない。

「本当ですか？」

「はい」と本郷は信行にうなずく。「高岡から連絡がありまして、先ほど急遽病院に駆けつけました」

「そうですか……」と信行は安堵した様子だ。「ありがとうございます！　どうか娘を助けてください！　お願いします」

「手術のご説明をします。こちらへ」と本郷は信行を別室に連れていく。

太一と優二はまどかのところに向かう。

ひとり取り残された幸保は、憤りと情けなさで爆発しそうな自分を必死でなだめるしかなかった。

「日勤の医師？　本郷先生が？」

イライラしながら戻ってきた幸保の話に、桜庭の手が止まる。

「そんな嘘までつかなきゃオペできないなんて、やってらんない」

吐き捨てる幸保に、美月が言った。

「高岡はちゃんと説明したの？」

「え？」

「患者のご家族に、夜勤の私たちでもオペできるってわかってもらおうとした？」

「何それ……」と幸保は気色ばむ。「私が悪いって言いたいの？」

「違う。そうじゃないけど……文句言ってるだけじゃ、どうにもならないと思うから」

言い返すことができず、幸保は美月をにらみつける。

「……朝倉のそういう正論、ホントたまに頭くる」

「！……」

「病棟行ってくる」

スタッフステーションを出ていく幸保を見送り、桜庭がつぶやく。

「ピリついてるねえ……」

まどかの手術は無事に終わり、状態も落ち着いてきた。

しかし、昼間スタッフとの引き継ぎでひと悶着があった。

「なんだって？　もういっぺん言ってみろ！」

例のごとく怒りをぶつけてくる嘉島に、本郷が平然と返す。

「ですから、患者ご家族のご意向に沿うため、昼間の医師のふりをしてオペをしました」

「は⁉　なぜそんなことを……バレたらどうする⁉」

「てっきり感謝されるかと思いきや、おかしいですね。それともあれですか？　嘉島先生が気持ちよくご就寝されているところを、たった六十分のオペのためにお呼びしたほうがよろしかったですか？」

「それは……」

口ごもる嘉島に、思わず桜庭は噴き出してしまう。ギロッとにらまれ、桜庭は真顔に戻る。気を取り直し、嘉島が問いただした。

「それよりこのホームレス、どうして受け入れた⁉」

「正直、臭いとか嫌がられて苦情出たりするんですよ」と根岸が重ねる。「身元不明じゃ手続きとか手間もかかりますし」

「でも、誰かが受け入れないとあの患者さんは――」

「患者はほかにも大勢いる！」と嘉島が美月の反論をさえぎる。「君のようにきれいごとばかり並べて、後先考えずに行動する医者をなんて言うか知ってるか？」

「……いえ」

「偽善者って言うんだよ」

「！……」

「まったく、いい加減にしてくれ」

嘉島に言い返すこともなく肩を落とす美月が、皆には少し気になった。

＊　＊　＊

専門的な医学書がずらりと棚に並ぶ病院の図書室で、成瀬が文献を物色している。気になる本を棚から抜いたとき、「成瀬先輩？」と声をかけられた。

「里中……」

里中は成瀬が手にしている脳神経関連の書物を見て、

「なんだ。やっぱり脳外に興味あるんじゃないですか」

「……」

「じつは僕と一緒にここに来る予定だった医師が来れなくなっちゃって。今うちの医局、一枠空いてるんです」

思わぬ申し出に、成瀬の心が揺れる。

「先輩、どうですか？」

「え？」


厚切りベーコンを炒めながら、まるで自分の部屋のように居間でくつろいでいる幸保をチラ見して、深澤は首をかしげる。

「なんで俺が高岡の朝メシを……」

「偽善者か……」とつぶやき、幸保はキッチンの深澤に声をかけた。「朝倉ってさ、どうして患者のために、あんなにできると思う？」

「え？」

「普通もっと考えるでしょ。自分の立場とか目上の人への忖度とか。私はときどき、ついていけないな」

朝食のプレートをテーブルに並べながら、深澤は言った。

「朝倉はさ、たぶん怖いんだよ」

「え？」

「大切な人を目の前で亡くしたことのある人にしかわからない感情が、きっとあるんだと思う」

「……何があったの？」

少し迷ったが、深澤は話しはじめる。

「お母さんを病気で亡くしたんだ。深夜でなかなか受け入れ先が見つからなくて……。もし倒れたのが昼間で医者が普通に働いてる時間帯だったら助かったかもしれないのにって思ってるんだと思う」

そんなことがあったんだ……。

幸保は美月の心のうちを想像してみたが、うまくいかなかった。

朝倉も深澤も、大切な人を亡くしたことが医者としての根っこにあるのだろう。

それは、私にはない強さだ。

深澤から借りた医学雑誌を読みながらも、美月の頭には本郷や幸保の言葉が渦巻いていた。

「あ〜もう……」

集中できず、美月は雑誌を放り投げて床に転がる。

と、スマホがメッセージを着信した。桜庭からだ。

『屋上集合！　一〇〇秒以内にダッシュで来てね』

「……え？」

慌てて屋上に駆けつけると、深澤と幸保に鉢合わせた。幸保と目が合い、ふたりは気まずそうに視線をそらす。

「桜庭に？」

美月に聞かれて深澤はうなずく。「呼び出された」

少し遅れて成瀬もやってきた。

「クソ暑いな……」と真っ青な空を仰ぎ見る。雲ひとつなく、真夏の太陽が容赦なく照りつけてくる。

そこにアロハにサングラスというリゾートスタイルの桜庭が登場した。

「みんなよく来たね！　夏といえばこれでしょ！」と掲げたのは大玉のスイカだ。

「は？」

ポカンとする一同に向かって、桜庭はニカッと笑った。

「なんで俺が……」

目隠しをされ、棒切れを持たされた成瀬の身体をクルクル回して桜庭が言った。

「スイカ割りに年齢は関係ない！　ほらＧＯ！　ＧＯ！」

背中を押されてたたらを踏む成瀬に、美月と幸保が声をかける。

「もっと右、右」

「左、左」

「どっちだよ⁉」

おっかなびっくり歩を進めながら、成瀬はスイカのほうへと近づいていく。

「そこ、そこ！」

四人の声がそろい、成瀬は思い切り棒を振り下ろした。しかし、スイカに命中することなく、激しく床を叩いた手がしびれる。

「いってえ……」

「今の見た？」

「ダサすぎ」

笑い合う幸保と美月を見て、深澤と桜庭はホッとする。

次に挑戦した深澤も失敗し、美月が名乗りを挙げた。

「絶対に仕留める！」

「よっ、美月ちゃん！」

桜庭が声をかけて盛り上げる。成瀬はしれっと帰ろうとするが、「どこ行くの？」と桜庭がその前に立ちふさがる。

「……」

「朝倉、ＧＯ、ＧＯ！」

「右、右」

幸保と深澤が誘導するとおりに美月はスイカの前に立った。

「今だあああ！」

桜庭の声を合図に、美月は棒を振り上げた。

「大輔のバカ野郎――――！」

ものすごい勢いで振り下ろされた棒は、見事にスイカを真っ二つにした。

「やったあああ」と美月は歓喜の声をあげる。

はしゃぐ美月を尻目に、幸保が深澤に尋ねる。

「大輔って？」

「たぶん、元カレ」

「まだ言ってんのか……」

ひとり達成感にひたる美月に、成瀬は憐憫の視線を送った。

「うめえ！」

棒で割ったから形はふぞろいだが、甘さやみずみずしさは変わらない。むしろ、みんなで楽しんだ分、うまさが増している。深澤は「うまい、うまい」を連発しながら、スイカにかぶりついている。

「やっぱ柏桜会グループが食べるスイカは違うね！」

「でしょ？」と幸保にうなずいて桜庭は続ける。「まあこれは、近所のスーパーで買ったやつなんだけどね」

深澤と幸保の口の動きが止まり、成瀬が鼻で笑う。一緒に笑いながら美月が言った。

「あー、なんか元気出た。ありがとね、桜庭」

「いえいえ、たまには夏を満喫しないとね！　いつまでも五人、一緒にいられるとはかぎらないわけだし」

美月の顔から笑みが消えて桜庭はハッとなる。

「あ……なんか俺、余計なこと言っちゃった？」

成瀬、深澤、幸保も美月をうかがう。美月はおもむろに話しはじめた。

「……昨日、本郷先生が言ってたことだけどさ、私は頑張りたいって思った。ここにいれば人手不足に悩む救急の未来を、いつか本気で変えられるんじゃないかって。でも……みんなは違ってたってことだよね？」

男どもが沈黙するなか、幸保が口を開いた。

「朝倉が過去にさ、お母さんのことでどれだけつらい思いをしたのか、私にはわからないけど……」

美月は思わず深澤を見た。

あんた、しゃべったね！

深澤はごめんとばかりに手を合わせる。

いっぽう成瀬は、複雑な思いで桜庭を気にしている。

「すごいと思うよ」と幸保は続けた。「そこまで強い思いを持てるって。でも私には……まねできないかな」

申し訳なさそうな表情の幸保を、美月が見つめる。

「俺はさ……」と深澤が話しはじめる。「ついこの間現場に出られたばっかりで……正直、昼間の医者よりも優秀になるなんて、全然想像つかないんだけど……。でもいつかは、心美の病気を治せる医者になりたいって思ってるんだ」

意外な告白に、「え？」と美月が声を漏らす。

「そうなの？」と桜庭も深澤をうかがう。

「俺なんかには無理だって、ずっとあきらめてた……。でも、ここに来て少しずつだけどいろんなことができるようになって……やっぱ、いつかは目指してみようかなって」

「深澤……」と感慨深げに美月が見つめる。

「まあ当面はナイト・ドクターとして一人前になるのが目標だけど」

「……すごいよ、深澤は」

桜庭に言われて深澤は、「え？」となる。

「ちゃんと着実に成長してる。俺なんか、一向に現場に出られないままだし」

「会長のお母さまに禁止されてるんだっけ？」と幸保が尋ねる。「……身体のことで」

「まあね。ビジネススクールにも通わなきゃならないし、まあそれが救急医続けてもいい条件だから、仕方ないんだけど」

「御曹司も大変だな」

深澤に小さく首を振り、桜庭は言った。

「でも、経営を学んだからわかったこともあるんだ。たとえばこのスイカ。スイカ農家さんもさ、今、後継ぎがいなくて悩んでるところが多いらしくて。技術が必要な仕事って、後世に伝えるの大変なんだよ。だから俺は、人だけに頼らないで、もっと医者が学びやすい環境や仕組みを整えたり、病院をもっと働きやすい場所にしていきたいんだ。言うなれば、医者を救う医者……みたいな」

「桜庭……」

　感動する美月を見て、桜庭が笑った。

「あれ俺、今、カッコいいこと言っちゃった？」

　そこに成瀬が「調子に乗んなよ」とツッコむ。

「すいません。そういう成瀬はどこ目指してるの？」

「ホントそれ」と幸保も成瀬に身体を向ける。「成瀬っていつも能面みたいな顔してて、何考えてるかわかんないんだよね」

「俺は……もう一度、脳外科医にチャレンジすべきか迷ってる」

　素直に思いを吐露した成瀬に、「え？……」と美月が驚く。

「せっかく医者になったんだ。自分にしかできない技術を身につけたい」

「あ、よく教授とかが新しく発明した技術に自分の名前をつけちゃうあれ？『成瀬式』みたいな？」

　冷たい反応に、「違ったみたい」と桜庭は苦笑する。

「高岡はあれだろ？　たしか女医のロールモデルになりたいんだろ？」

深澤に振られて、幸保はうなずく。

興味津々の美月に向かって、幸保は言った。

「……女の医者ってさ、結婚できなさそうって思われてるとこあるでしょ。だから私は、仕事も家庭も充実させて、若い女の子たちに希望を与えるような存在になりたいの。自分がキラキラすることで、医者になりたいって思う女の子が増えたらいいなって」

「そうだったんだ……」

「まあ実際は？」とニヤニヤしながら桜庭が幸保をうかがう。「昨日の合コンでも惨敗だったみたいだけど」

「ケンカ売ってる？」

幸保にガチな目でにらまれ、「黙ります……」と桜庭は口を閉じた。

さあ残るは……とみんなの視線が美月に集まる。代表するように深澤が振った。

「朝倉は？　やっぱ救急医一択なのか？」

「……それしか考えてこなかったから、今、軽く思考停止してる。みんな、いろんなこと考えてたんだなって」

そんな美月に幸保が尋ねる。「朝倉はさ、不安じゃないの？」

「何が？」

「このままナイト・ドクター続けたところで、二流のレッテルがなくなるとは思えないし、誰もがやりたがらない仕事のままかもしれない。何も変わらないかもしれないのに……いちいち全力で患者と向き合って、むなしくならないの？」

「私は……変わったから」

「え？」

「四人のイメージが、出会った頃と今じゃガラッと変わった」

テーブルを囲む仲間たちを見回し、美月は続ける。

「ただのチキンだと思ってた深澤は、本当は誰よりも愛情深くて根性あるやつだって知った。成瀬先輩だって、自分のことしか考えてない冷たい人間に見えて、本当はちゃんと熱いもの持ってるってことダダ漏れちゃってるし、桜庭だって、能天気で中身空っぽの軽いやつとしか思ってなかったけど……」

「ひどいな」と思わず桜庭がツッコみを入れる。

「本当は広い視点でいろんなこと考えてて、気も利くし、やさしいやつだって気づいた。高岡だって、最初は年下で生意気なヤツだって思ってたけど、その分、誰よりも勉強して努力してる」

「……」

「最初のレッテルを剥がすことができたのは、同じ職場で同じ寮で長い時間を一緒に過ごして、みんなのことを知ることができたから。だから……私たちの仕事だってきっとそう……ちゃんと知ってもらうことで、変えられないことなんてないと思うんだよね」

「……」

「本郷先生もさ、最初は怖いし何考えてるかわからなかったけど、本気で日本の救急医療を変えようとしてくれてるんだって知った。その想いに、今は少しでも応えたい」

「……」

「まあ、大きすぎる夢ではあるけどね」

皆はそれぞれの未来に想いを馳せる。

同じ職場にいるからといって、全員が同じ方向を向いているとはかぎらない。

それでも私は、途方もなく大きな夢に向かって、この四人と一緒に働きたい。

そう願ってしまうのは、わがままなんだろうか？

＊　＊　＊

その夜、救急隊員の星崎が美月を訪ねてきた。搬送記録をたどったらミスターFと同じ特徴の患者が見つかったというのだ。

「こちらです」と星崎はその搬送記録を見せる。

「濱辺照夫（はまべてるお）さん……」

「以前受け入れた病院の情報によると、濱辺さんは十年前に事故で妻子を亡くして、それ以降仕事もやめてしまったそうです。家賃を払えず、住む場所をなくし、今の生活に」

「そうだったんですか……」

「奥さんや子どもがもし生きていたら、今頃どこにでもいる会社員だったり、夫だったり、父親だったかもしれないんですよね……」

つぶやくと、星崎は美月に向かって頭を下げた。

「朝倉先生。濱辺さんのこと、どうか助けてあげてください。お願いします」

「……」

いっぽう、ＨＣＵへ診察にきた幸保は、ベッドの上で息苦しそうにしている赤松を見て顔色を変えた。頬には赤い湿疹も出ている。

「赤松さん、大丈夫ですか？　いつから湿疹が？」

「さっき目が覚めたら、身体中痛くて……。俺、どうなっちゃうんですか？……」

不安そうな視線を受け止めながら、幸保は応急処置を施す。


美月が医局に戻ると、幸保がデスクに広げた資料と格闘していた。

「どうしたの？」

「赤松さん……ＳＬＥ（全身性エリテマトーデス）かもしれない」

幸保が口にしたＳＬＥは難病だ。美月の表情が険しくなる。

「頬や手足に赤い湿疹が出てた。ほかにも高熱が出たり、関節痛がしたり、症状が全部当てはまる」

「……でも、男性でＳＬＥなんて珍しくない？」

ＳＬＥはおもに二十代から四十代の女性が発症する病気なのだ。

「じゃあ、どうしてあんなに湿疹が？　確かめたくてもこの時間じゃ十分な検査なんかできないし……また結局、何もできないなんて……」

「高岡、落ち着いて。何かほかに原因がないか考えよう。私も手伝うから」

自席に戻り、美月は文献に当たる。

その姿を見て、幸保もあらためて資料に目を通しはじめる。

赤松のことは成瀬が診ていたが、湿疹はさらにひどくなり、熱も下がらなかった。

舞子からそのことを聞き、幸保と美月は焦る。

必死に文献を漁るふたりに、深澤が声をかけた。

「赤松さん、そんなに珍しい症例なのか？」

医学書に視線を落としたまま美月が答える。

「……まだわからない」

「心配だな。子どもたちは大丈夫かな……」

「子どもたち？　赤松さんは独身」

「いや、そうじゃなくて、職場の子どもたち。赤松さん、保育士だろ？」

「いや、公務員だけど」

「え？　でも前にカルテで患者情報見たとき、保育園勤務になってた気がしたけど」

美月は医学書から深澤へと視線を移す。

「それ本当？」

「たぶん……」

すぐに幸保がパソコンで赤松の情報を確認する。健康保険は保育園のものだった。

「ホントだ……。朝倉、これって……」

「確かめよう」

美月と幸保がＨＣＵの赤松のもとに顔を出すと、成瀬が言った。

「座薬を処方した。あとは頼んだぞ」

「はい……」

成瀬を見送ると、ふたりは赤松に目を向けた。

「赤松さん」と美月が尋ねる。「本当は公務員ではなく、保育士をされているんじゃないですか？」

「え？……」

「すみません。加入されている健康保険を見て」

バツ悪そうにうつむく赤松に、今度は幸保が尋ねた。

「職場の保育園の子どもたちの間で、りんご病が流行ったことはありませんか？」

「りんご病？　そういえば三週間ほど前に……」

やっぱり……と美月と幸保は顔を見合わせる。

「でも、それとなんの関係が？」

「りんご病は子どもがなるというイメージがあると思いますが、まれに大人がかかるケースもあるんです」

幸保に説明されて、赤松は驚く。

「その場合、子どものときとは違って関節痛がしたり、湿疹が手足に出る場合があるといわれています」と美月が補足する。

「じゃあ……」

「今夜しばらく、様子を見ましょう」

赤松は安堵したようにうなずいた。

りんご病なら自然に治癒することを知っていたのだ。


朝になり、赤松の体温は平熱近くまで下がってきた。

抗体検査の結果はまだ出ていないが、十中八九、りんご病で間違いなさそうだ。

ふたたびHCUを訪れた美月と幸保に、赤松は頭を下げた。

「すみません、ご迷惑をおかけして。それから……公務員だなんて嘘をついて」

「相手にどう思われるか、気にされていたんですよね?」と幸保が気づかう。「ああいうお食事の場って、特に相手の肩書ありきみたいなとこ、ありますもんね」

赤松は自嘲気味に語りはじめた。「最近はだいぶマシになりましたけど、でもやっぱり保育士は女性の仕事っていうイメージがまだあって……。自分が好きで続けている仕事なのに、隠すなんておかしいですよね」

幸保は小さく首を振る。「私もずっと他人にどう思われるか、そればっかり気にして生きてきました」

「え?……」

「だから、ナイト・ドクターという仕事も他人には到底理解されないと思って、隠そうとして……。でも、隠してるだけじゃ何も変わらないんですよね」

「……」

「私の同僚に、ホント気が強くて、負けず嫌いで、絶対気が合わないと思ってた人がいたんです」

美月はハッとして幸保を見つめる。

「でも、どんどん相手のことを知っていくうちに、ホントお節介でムカつくんですけど、今じゃ、いちばん自分の素を出せる相手なんじゃないかって思うようになって」

「……」

「私たちの仕事も、少しずつでいいから知ってもらうことで、きっとイメージが変わっていくっていうか……いつか自分の仕事を胸張って言えるようになるといいですよね」

「そうですね」と赤松はうなずいた。「……そんな日、来ますかね？」

「大丈夫。きっと来ます」

力強くうなずき返す幸保に、美月は胸がいっぱいになる。


深澤に呼ばれて急いでＩＣＵに入ると、ベッドの上の濱辺が目覚めていた。

「濱辺さん……気がついたんですね？」と美月は声をかける。

じーっと美月の顔を見て、濱辺はボソッとつぶやいた。

「なんだ……またあんたか」

「……」

「なんで助けたんだよ……。せっかく死ねるとこだったのに」

以前と同じ言葉をぶつけられ、美月の胸に失望がよぎる。

「そんなこと……言わないでくださいよ」

なだめる深澤に、濱辺は言った。

「あんたらに何がわかるんだ……」

「え？……」

「朝、目が覚めると今日もひとりだって気がついて。街を歩くたびに、みんな潮を引くように周りからいなくなる。生きてるだけで煙たがられる……そういう人間だっているんだ……」

感情がたかぶったのか、濱辺の頬を涙が伝う。

「俺が、何をしたっていうんだよ……」

シーツを握りしめ、拳を震わせる濱辺に、美月はやさしく言った。

「あなたが今、何に悩み、世間があなたをどう思うかはわかりません。でも、どうか堂々と生きてください。私は必ずあなたを受け入れます。何度だって。それが救急医である私の仕事ですから」

涙に濡れた濱辺の瞳に美月が映る。

久しぶりにきちんと他人と向き合ったような気がした。


「何!?　あのホームレスの治療を？」

引き継ぎで、予想どおり嘉島は必要以上に難色を示した。むろん、美月は動じない。

「はい。ここで続けさせてください」

「何を言ってる？　目を覚ましたんなら、さっさと退院させろ！」

「今きちんと治療しないと、またいつ体調が悪化するかわかりません」

「だからって……」と嘉島を代弁するように根岸が言った。「医療費すらまともに払えない相手にこれ以上我々の労力を割く必要ありませんよ」

「健康にさえなれば、また働けるかもしれません。元気に生きてさえいれば、これから先どんな人生だって歩めるはずです」

「またペラペラときれいごとを……」と嘉島は顔をしかめ、美月をにらむ。

「たしかにきれいごとかもしれません。でも、そうありたいと願わないかぎり、何も叶わないと思います」

真っすぐすぎる正論をぶつけられ、嘉島はさらに不機嫌な表情になる。

加勢するように幸保が口を開いた。

「それから……ホームレスじゃありません。濱辺照夫さんです」

虚をつかれ、ぐうの音も出ない嘉島を見て、美月、成瀬、深澤、桜庭の四人は思わず笑みを漏らす。ふと隣を見ると、本郷も笑っている。

幸保に向かって、美月は小さく親指を立てた。


同じ職場にいるからといって、全員が同じ方向を向いているとは限らない。

それでも私は、途方もなく大きな夢に向かって、この四人と一緒に働きたい。

そう願ってしまうのは、わがままなんだろうか？

帰宅する前に病室に寄った深澤に、心美が切り出す。

「え、Wデート!?」と深澤は大きな声をあげた。

「そう。今度の日曜、外出許可もらえたでしょ？　だから、私と勇馬とお兄ちゃんと美月先生の四人で！」

「いやいや無理だろ！　だいたい朝倉がそんなのOKするはず――」

「OKならもらったよ」

心美の言葉に、深澤は固まる。

差し出されたスマホ画面には、美月からの『OK』のメッセージが表示されている。

「マジか……」

「お兄ちゃんのアピールポイントが際立つ最高のデートプラン練っといたから。ちゃんと予習しといてよ」と心美はノートを深澤に渡す。

ページを開くと、綿密なデート計画が見開きにびっしりと書き込まれていた。

早くも妄想が広がり、顔がだらしなくゆるんでいく。

正面入口を出たところで、美月は外来の妊婦とすれ違った。ふと思い出してスマホを取り出す。大輔のSNSを開き、コメントを書き込んだ。

『おめでとう。幸せになってね』

すぐに大輔からコメントが返ってくる。

『ありがとう。美月もな！』

「返信はやっ……」

幸せそうな元カレの写真に微笑み、美月はスマホをしまう。

歩きだそうとしたとき、「成瀬先輩！」という声が背後から聞こえてきた。振り向くと、成瀬が入口付近で紫のスクラブ姿の男性に呼び止められている。

「脳外に移ること、考えてくれましたか？」

「!?」

聞き捨てならぬ言葉に、美月はその場に釘づけになる。


人の数だけ夢がある。

いちばん近くにいた人が、急に遠くに行ってしまう。

そんな予感がしていた。

8

「脳外に移ること、考えてくれましたか？」

返事を待つ里中に、成瀬は、

「もう少し考える時間が欲しい」

「……わかりました。でも今週末までには決めたほうがいいですよ。そろそろ外部にまた募集かけちゃうみたいなんで」

「……わかった」

「先輩と一緒に働けること楽しみにしています。それじゃあ失礼します」

一礼して里中は病院へ入っていく。

ふたたび歩きだそうとした成瀬は、自分をじっと見つめている美月に気がついた。

「……」

海沿いの公園のベンチにカップコーヒーを手に美月と成瀬が座っている。

「早く帰してくれ。こっちは疲れてるんだ」

「ちゃんと話してくれるまで帰しませんよ。脳神経外科に移るチャンスなんですね？

前にもありましたよね、こんなこと」

「は？」

「あのときは私たち後輩の前から突然姿を消して、ほかの医大の脳外に行っちゃって。

お別れも言えませんでしたっけ」

「……」

「やっぱりまた……戻りたいんですか？」

「……昨日、脳外の高梨部長に会ってきた」

「え？」

「言われたよ。『君のような人間は、一つの分野を極めて、唯一無二の技術を持つスペシャリストにこそなるべきじゃないのか』って」

「……」

「その言葉に惹かれなかったといえば嘘になる。ただ……行き場のなかった俺をナイト・ドクターとして迎え入れてくれた本郷先生には恩がある。俺に期待をし、受け入れてくれた八雲院長に対しても同じだ。それに……」

「心配ですか？　私たちのことが」

「……」

「俺がお前らを鍛えるとか息巻いちゃってましたもんね」

「身体がいくつあっても足りないな。おまけにこうしてひとの貴重なプライベートを奪う面倒な後輩までいるしな」

皮肉をぶつけてコーヒーを飲み干すと、「お疲れ」と成瀬はベンチを立った。

去っていく後ろ姿を見送りながら、美月は本郷の言葉を思い出す。

『同じ場所で同じように働いているからといって、全員が同じ方向を向いてるとはかぎらない。いつか空中分解しないといいな』

そのいつかがこんなにも早くやってくるなんて――。


自分の胸にだけしまっておくことができず、美月はその足で深澤の部屋を訪ねた。桜庭と幸保にも招集をかけたが、桜庭とは連絡がつかなかった。

「成瀬が脳外に？」

「うん」と美月は幸保にうなずく。

テーブルに『Wデート計画』と書かれたノートが出しっぱなしになっていることに気づいた深澤は、慌ててそのノートを隠す。

幸保が「じゃあ、全力で引き留めないと！」と即座に反応する。

「え？」

「だってそうでしょ？　成瀬がいなくなったら、まともなナイト・ドクター、私と朝倉だけになっちゃうのよ!?　うちの夜間救急、人手不足で終わるよ？　ねえ、深澤」

「え？　あ、うん」と手の中にあるノートを気にしながら深澤がうなずく。

「ただでさえ追加募集かけても全然応募ないみたいだし、嘉島なんかこれを機に、ナイト・ドクター制度は廃止にして、夜間診療もやめようとか言いかねないよ？」

動揺する美月を横目に、深澤はこっそりノートを開く。

『デート前に美月先生に聞くこと』の項目に、『キャンプのお肉は牛派？　豚派？』と記されている。

「でも先輩の気持ちは？　今後のキャリアのことも考えて、脳外に戻りたいのかもしれないし……」

「出た出た、いい子ちゃん。じゃあ朝倉はさ、このまま成瀬がいなくなって、最悪ナイト・ドクター制度が廃止になってもいいわけ？」

「それは……」

「人手が減ればその分、急患を受け入れられなくなるんだよ？　それって朝倉がいちばん避けたいことなんじゃないの？」

「……」

「なんか高岡、やけに熱心だな？」と深澤が真意を探る。

「私は……誰かさんの影響で今の仕事を本気で頑張りたいって思ったところなの。だから万が一、人手不足が理由で廃止になったりしたら……困る」

まさかの幸保の言葉に、美月はじんとしてしまう。

「高岡……」

「ところで深澤、さっきから何見てるの？」

「あ、いや、これはべつに」と深澤は慌ててノートを背後に隠す。「そういえば朝倉、朝倉ってその……牛？　それとも豚？」

「……人間だけど？」

「あ、違う！　そうじゃなくって……」

「失礼～。なに豚って」と幸保がにらむ。

「違う、違う！　そうじゃなくって」

「そろそろ寝ないとだね。お邪魔しました」

立ち上がり、出ていこうとする美月に深澤が慌てる。

「あ、待って朝倉！　豚!?　それとも牛!?」

その夜、成瀬が出勤すると、成瀬のデスクをクロスで磨き上げていた幸保が満面の笑みで出迎えた。

「今夜もよろしくお願いいたします！　成瀬先輩」

「？」

「深澤、先輩にコーヒーお淹れして！　早く！」

「え？　ああ……」と深澤が席を立つ。

「私たち、成瀬先輩にご指導していただかないとホント無理ですから！　絶対に無理ですから！　お願いしますね」

そういうことか……。

しれっと自席で事務作業をしている美月に成瀬が言った。

「驚くほど口が軽いな」

「！……」

その夜、最初の急患を運び込んできたのは星崎だった。

「岩田伸夫さん。六十歳。激しい頭痛を訴えており、収縮期血圧が二〇〇以上です！」

ストレッチャーから処置台に患者を移しながら、成瀬が深澤に指示する。

「高血圧緊急症だ。ニカルジピンで降圧しろ」

「はい！」

「よろしくお願いします！」

ストレッチャーを押して初療室から去ろうとした星崎は、スタッフステーションで作業中の美月に気づいて、「朝倉先生」と歩み寄った。

「あ、星崎さん」

「濱辺照夫さん、その後どうなりましたか？」

「無事治療が終わって、今日、消化器内科に移りましたよ。容体も安定しているそうです」

「そうですか」と星崎は胸をなでおろす。「朝倉先生、本当にありがとうございました」

「いえ、こちらこそ」

「では失礼します！」

一礼して去っていく星崎を見送っていると、本郷がボソッと美月に言う。

「ああいうタイプは苦労するだろうな」

「……」

「いちいち患者に入れ込んで、自分の身をすり減らしていく。ここに来た頃の誰かさんみたいだな」

「え？」


スタッフステーションでは成瀬が岩田の脳のCT画像を本郷に見せている。

「くも膜下出血です。破裂瘤は内頸動脈にありそうですね」

「すぐにクリッピングしたほうがいいな」

「はい。自分にやらせてください」

「わかった」

話を聞いていた幸保が、「私と朝倉がサポートいたします！」と手を挙げる。

本郷は怪訝そうに幸保を見て「やけに熱心だな」

「成瀬先輩は夜間救急になくてはならない存在ですから、少しでもお役に立てればと！」

幸保は成瀬に笑顔を向けると、「オペの準備しますね！」と足早に出ていく。

成瀬の恨めしそうな視線を感じて、美月は慌てて目をそらした。

手術室前の廊下に待機していた岩田の妻の静香(しずか)が、やってきた成瀬たちに気づいてベンチから立ち上がる。

「主人を……主人をどうかお願いします」

深々と頭を下げる静香に、「全力を尽くします」と応えて成瀬は手術室に入っていく。

美月と幸保もあとに続いた。

手術台に横たわる岩田の前に立ち、成瀬はドリルで開頭していく。頭がい骨を外し、顕微鏡を覗きながら、施術を進める。

「朝倉、迷走神経を損傷しないように気をつけろ」

「はい」

「過換気にして脳圧管理してる」と幸保が成瀬に告げる。

「了解」

「血管確保します」

美月と幸保のサポートを受け、成瀬の指が患部へと近づいていく。

スタッフステーションのモニターでは、本郷が手術の様子を見守っていた。深澤と桜庭もモニターを気にしながら作業をしている。

からかうように舞子が言った。「おふたりはまたお留守番ですか?」

「益田さん、そういう言い方はよくないな!」と桜庭がムッとしたように言い返す。「脳は専門性が高くて、救急医は普通自分じゃ治療できないって知ってますよね?」

「俺たちがダメなんじゃなくて、成瀬先生がすごいだけですから!」と深澤も加勢。

「はいはい」と舞子はふたりのマジレスをいなす。

「でも成瀬先生ってなんでもできて、ほんとカッコいいですよね〜」

会話に割り込んできた新村の言うことはもっともなので、ふたりは黙り込む。

そのとき、モニターに見入っていた本郷が眉をひそめた。画面のなかで成瀬の手が止まってしまったのだ。

スタッフステーションを飛び出した本郷に、桜庭と深澤が「?」と顔を見合わせる。

「先輩?」とふいに手を止めた成瀬を美月がうかがう。「どうしました?」

「CTでは普通の脳動脈瘤に見えていたが、そうじゃない……解離性動脈瘤だ」

「え?……」

「それって、どうするの?」と幸保が尋ねる。

「このまま無理にクリッピングすれば、余計に頸動脈の亀裂が広がって、大量出血する危険性がある……」

「え……」

どうすべきか成瀬が判断に迷っていると、スピーカーから本郷の声が聞こえてきた。

「無理はするな」

見学室のガラス越しにこちらを見守る本郷の姿がある。

「冷静に判断しろ」

「先輩……」

美月が決断を待つ。

成瀬はおもむろに口を開いた。

「オペを……中止する」

「！」

途中で手術をとりやめ、後処理を始めた成瀬をモニターで見ながら、信じられないとばかりに桜庭がつぶやく。

「成瀬があきらめた……」

「ウソだろ……」と深澤も驚きの表情で画面に見入る。

成瀬は特に変わった様子も見せずに周囲に指示を出しながら冷静に処理を進めている。内心にはいかほどの悔しさが渦巻いているのだろうか、ほかのスタッフには知るよしもない。

深澤は複雑な思いでモニターを見つめつづける。

ＩＣＵのベッドで眠る岩田のかたわらで、成瀬が静香に説明をしている。手術を途中で中止せざるを得なかったと聞き、「どういうことでしょうか？」と静香が詰め寄る。

「血管に亀裂があり、無理に処置すれば大量出血する危険性がありました」

「そんな……。じゃあ主人は？　どうなるんですか？」

「ここから先は専門の脳外科医の判断に任せたいと思います」

「その先生に診ていただけるのは、いつ頃になるんでしょうか？」

「……明朝以降になります」

成瀬の答えに静香はショックの色を隠せない。

「明日の朝以降って……じゃあ、主人はそれまで何もしていただけないってことですか？」

沈黙する成瀬に代わって美月が、

「岩田さん、我々が責任を持ってご主人の身体を見守りますので」

「……治療できないなら、なんのためにここに運ばれてきたんですか……。主人に何かあったら……」

　不安のあまり取り乱す静香に、しかし成瀬も美月もかける言葉が見つからない。


　朝になり、スタッフは医局に戻った。成瀬が脳神経外科にコンサルに向かったので、四人の話題は必然的に成瀬のことになる。

「成瀬先生、きっとショックだったよな……」と深澤。

「ショックどころか、プライドずたぼろでしょ」と幸保が返す。「自分で手を挙げたのに、できなかったんだから」

「まあ脳の領域は別格だからね。外科のなかでもより高度な技術が求められる。さすがの成瀬でも太刀打ちできなかったってことじゃない？」と桜庭がまとめる。

「でも、これを機に成瀬先生……ひょっとして脳外に行くことあきらめるかもしれないよな？」

「え？」と美月が深澤に顔を向ける。

「だってそうだろ？　自信なくしてさ」

「わかってないなあ」と幸保は、「成瀬の場合、その逆でしょ」と指摘する。

「逆?」

「悔しくて、意地でもスキル磨こうとして、脳外に行くって言いかねない」

「え、マジかよ……」

「まあ、それはそれで成瀬のためかもね」と桜庭。

「どういうこと?」と美月が尋ねる。

「だってそうでしょ。救急医がさ、ほかの科の先生たちからなんて言われてるか知ってる?」

「え? さあ……」

「なんでも屋。幅広く初期治療を行える代わりに、専門性は皆無で一生中途半端な医者で終わるだろうって」

「何それ……」と幸保がぶ然とする。

「若い医者が救急医になりたがらないのも、きっとそれが原因のひとつだよ。人生百年時代にさ、専門性のない仕事選ぶってリスクでしかないでしょ?」

正鵠を射た桜庭の話に、三人とも黙ってしまう。

「脳外に惹かれる成瀬の気持ちも、わからなくはないな」

「……」

「失礼します」と脳神経外科の医局に入ると、里中がデスクでパソコンに向かっていた。成瀬に気づいて、「どうされたんですか?」と声をかけてくる。

「昨夜、緊急搬送されてきたくも膜下出血の患者がいる。内頸動脈の解離性脳動脈瘤だ。高梨部長にコンサルしたい」

「解離性脳動脈瘤? ちょっと画像見せてもらえますか?」

「ああ」とうなずき、成瀬はタブレットに岩田の患部画像を表示させる。

里中はじっと画像を見つめて言った。

「これならハイフローバイパスでいけますね。僕、やりますよ」

「え?……」

「患者さん、紹介してください」

「……」

忸怩(じくじ)たる思いを抱えて、成瀬は救命のICUに里中を連れていき、昏睡状態の岩田に付き添う静香に紹介した。

「先生……主人は? 大丈夫なんでしょうか?」

「不安でしたよね。でも安心してください。検査画像を見るかぎり、治療可能です」

自信の表情をたたえる里中の笑みを見て、「よかった……」と静香は安堵する。「先生……主人とは、これからふたりで老後を楽しもうって話してたところなんです。だからどうかお願いします……お願いします」

頭を下げる静香に、「すぐに処置に移りましょう」と里中がうなずく。

その隣で成瀬は、自分の不甲斐なさに唇を噛んでいた。

＊＊＊

借りてきたミニバンを寮の前に停め、そのかたわらで深澤がWデート計画のノートを読み返している。『お兄ちゃんのアピールポイント①　華麗なハンドルさばき』の項目を頭に叩き込み、「よしっ」とノートを閉じたとき、美月が寮から出てきた。

「お待たせ」

「いやいや全然！　むしろごめんな、こんなときに」

「こんなとき？」

「成瀬先生のこととか、いろいろ気がかりだろうからさ」

「何言ってるの。今日は心美ちゃんのために思いきり楽しむ日でしょ？」

「朝倉……」

「ほら行こう」

「おう！」

深澤は紳士ぶって助手席のドアを開けて「では、こちらに」と美月をうながす。しかし、美月はすでに運転席に乗り込んでいた。

「早く乗って。私が運転する」

「えぇ!?」


運転席の窓を全開にし、「気持ちぃ～」と風に当たりながら美月が楽しそうにハンドルを握っている。

「久しぶりに走りたかったんだよねー」

後部座席の勇馬の隣で、心美も楽しそうにしていると思いきや、助手席の深澤をルームミラー越しににらみつけている。

どうしてしょっぱなから私の計画を台無しに……!?

面目ないとばかりに深澤は助手席で身を縮ませた。

一時間ほど車を走らせ、一行は目的地に到着。湖畔のキャンプ場には、緑豊かな自然のなか、洒落たテントが点在している。

「うわ～」と感嘆の声をあげ、「入ろ、入ろ！」と心美は勇馬を手招く。はしゃいでテントに向かおうとする心美に、深澤が慌てて声をかける。

「待て、心美！　走るなよ！」

足を止めて心美は深澤を振り返った。

「それから重い荷物はいっさい持たないこと。万が一、具合が悪くなった場合は、すぐに俺か朝倉に言うんだぞ」

「はいはい、わかってます！」

「心美、行こう」と勇馬が手を差しのべる。

はにかみながら、心美がその手を握る。仲よく手をつなぎ、テントへと入っていくふたりを見送りながら、美月が言った。

「勇馬くん、いい彼氏だな～」

ちょっと嫉妬を覚えつつ、自分もここからだと深澤はノートを見返す。

『アピールポイント②　隠れ細マッチョ。男らしさを全面アピール！』

「よし、次こそは……」

深澤はTシャツの袖をまくると、浮き出る筋肉を意識しながら、きりもみ式の火おこしを始めた。徐々に煙が上がってきて、「よしっ」とさらに激しく棒を回す。

隣では美月がフェザースティックを作っていた。器用にナイフを使い、あっという間に完成させると、それを焚き火台にのせて火をつける。

「え？」

「美月先生、すげえ！」と勇馬が驚きの声をあげる。

心美はあきれ顔を深澤に向ける。

「……」

いやいや、まだまだ……と深澤はノートを開く。

『アピールポイント③　やっぱり料理！』

この日のために開発した渾身のキャンプ飯。野菜のうまみをこれ以上ないほど引き出した傑作だ。

これで決まりだろ！

三人を自由に遊ばせ、深澤はひとり料理に励む。

できあがった料理を口にし、「ん～、なにこれ？」と美月は目を丸くした。

「超おいしい！」

「そうか」と顔をほころばせ、「これはな」と料理の説明をしようとする深澤を、勇馬の声がさえぎる。

「俺が新鮮な野菜を厳選して持ってきたっす！」

「!?」

「さすが八百屋の息子！　いい仕事する〜」と美月は勇馬を褒めたたえる。

「どうもっす！」

まさかの手柄横取り!?

深澤はあ然として恨めしげに心美を見た。

ごめんと心美は手を合わせる。


食事の片づけを終えると、心美は勇馬に言った。

「ふたりでさ、ボート乗りにいかない？」

「ボート？　いいねえ！」

「行ってらっしゃい。気をつけてね」

「ありがと」と美月に言い、行こうとする心美に深澤が声をかける。

「あんまり遠くに行くなよ。それから――」

「走るなでしょ。わかってる」

心美は深澤に目配せすると、「頑張れ」と口パクしてみせる。

あいつ、俺と朝倉をふたりきりにするために……。

はしゃぎながら勇馬と一緒に歩いていく心美を見ながら、美月が言った。

「心美ちゃん、楽しそうでよかったね」

「え？　あ、うん……。こういうの、久しぶりだからな」

「……高校生なんだもんね。本当はもっと勇馬くんと一緒にいろんなとこ行きたいよね」

「……」

「頑張ってよ、お兄さん」

「え？」

「いつか心美ちゃんの病気を治せる医者になりたいんでしょ？」

「……ああ」

ボートに乗り、湖に漕ぎ出すふたりを眺めながら、美月は言った。

「結核だって白血病だって、昔は治らない病気だったのに、今はちゃんと治療法がある。だから心美ちゃんの病気もさ……いつか治せる日がくるといいよね」

「うん」とうなずき、深澤は続ける。「でもホント言うと、まだ少し迷ってるんだ」

「え？」

「本気で心美の病気について研究しようと思ったら、いつかはナイト・ドクターを辞めることになるだろ？」

「……」

「俺は俺なりに今の仕事にやりがいを感じてて……朝倉が目指すように、いつか日本の救急医療の未来を変えられたらって思ってる」

「深澤……」

「もしかしたらさ、成瀬先生も同じなのかもな」

「え？」

「脳外科医に戻りたいって気持ちはもちろんあるんだろうけど、ナイト・ドクターを辞めたいわけでもない。だから、なかなか答えを出せないのかもな」

「……」


ボート遊びから戻った勇馬は深澤を釣りに誘った。湖の周囲で結構な数の人が釣りを楽しんでいるのを見て、自分もやってみたくなったのだ。

腕に覚えのある深澤は、勇馬の申し出を一も二もなく承諾した。こんなこともあろうかと車には釣り道具も積み込んでいた。

「じゃあ俺とこいつで最高にうまい魚釣ってくるから！」

「心美、待ってろよ！」

「うん。よろしくね！」

釣り竿とバケツを手に去っていくふたりを送り出すと、心美と美月はイスに腰かけて話しはじめる。

「美月先生……ありがとね」

「ううん、こちらこそ」と美月は小さく首を振った。「私も気分転換できてよかった。こういう時間も必要だよね」

「……今日のことだけじゃなくて、いつもお兄ちゃんのそばにいてくれて」

「え？」

「お兄ちゃんさ、ナイト・ドクターになってから、なんていうかすごくいきいきしてて。前は仕事にやりがいなんて求めてないとか言ってたくせに、今は美月先生たちと働けることが本当に楽しいみたいで……。私のお見舞いにきたときも、しょっちゅうみんなの話してるんだよ？」

「……そっか。深澤が」

「もし今後、お兄ちゃんが弱音吐いたり、今の仕事あきらめそうになったときは、思いっきりカツ入れてやってください！」

「え？」

「これまで私の病気のことで、たくさん我慢してきたと思うんだ……。だから、やっと見つけた好きな仕事、お兄ちゃんには大事にしてほしくて」

「心美ちゃん……」

「それから……これから先も公私ともに、お兄ちゃんのことをよろしくお願いします！」

「公私ともに？」

よくわからないが、心美の兄を想う気持ちは十分理解できた。

「わかった」と美月は心美にニッコリと微笑んだ。

こっそりガッツポーズし、心美は湖のほうに視線を移した。

さっそく勇馬が魚を釣り上げたらしく、盛り上がっている。

「なんでお前が先に釣ってんだよ！」

「すみません。魚も人を選ぶんですかね？」

「なんだと!?」

そんなやりとりが風に乗って聞こえてきて、「ホント大人げない」と美月は心美と顔を見合わせて笑った。

＊　＊　＊

キャンプの翌日、出勤した美月は気になっていたことを幸保に尋ねた。

「ねえ、昨日の岩田さんのオペ、どうだった？」

「バッチリうまくいったよ。……成瀬が嫉妬しちゃうくらいに」と、悔しさをにじませながら手術動画を真剣に見ていた成瀬の様子を思い出しながら、幸保が語っている。

「……そっか」

横で聞いていた深澤も会話に加わる。

「成瀬先生、どうするんだろうな。そろそろ返事しなきゃ、だよな？」

「……やっぱ、このままじゃダメだと思う」

自分に言い聞かせるように美月が言う。

「先輩に自分の気持ちに正直に決めてもらうためには、私たちが重荷になってるようじゃダメだと思う。先輩なしでもやれるようにならないと」

「朝倉……」

「たしかにそうかも」と幸保がうなずく。「同情でこっちに残られたって、あとで私たちのせいにされたら困るし」

「そっか……そうだよな……って、いちばん重荷なの俺じゃん！」

「ホント、ちゃんとしてよ？」と幸保が深澤に目をやる。

「頑張ります……」

「よし、そうと決まれば実行あるのみ！　ほら、引き継ぎ行くよ。引き継ぎ！」

深澤の背中をバシッと叩いて美月は医局を出る。


スタッフステーションに行くと、初療室が慌ただしい。どうやらたった今、患者が運び込まれたようだ。

「急患ですか？」と美月が嘉島に尋ねる。

「ああ。安西尚道（あんざいなおみち）、五十二歳」

「安西尚道？」と深澤が首をひねる。「どっかで聞いたことあるような……」

「まぁ君たちには縁がないだろうが、彼は有名な料理人だ。店の駐車場で倒れているところを発見され、ついさっき緊急搬送されてきた」

「嘉島先生！」と根岸が駆け寄ってきた。「回転性の目まいのあとに意識レベルが低下しています！　おそらく倒れた原因は脳卒中かと……」

「頭か……」と嘉島はむずかしい表情になる。「脳外科は今日学会で、入院患者は受け入れるなと言われている。すぐに転院先を探せ！」

「わかりました！」

嘉島と根岸のやりとりを、成瀬は複雑な思いを抱きながら聞いていた。

引き継ぎを終え、嘉島が去ろうとしたとき根岸がスタッフステーションに戻ってきた。

「嘉島先生！　安西さんですが、この時間じゃなかなか受け入れ先が見つからなくて」

「なに!?」

困っている嘉島に本郷が言った。

「うちには成瀬という元脳外科医がおりますが」

「相手は有名な料理人だぞ!?　君たちみたいな二流の専門外の医者に任せられるか！　もういい、脳外の高梨部長に連絡する！　君らは指一本触れるなよ！」

そう言って嘉島は去っていく。その背中を幸保がにらみつけた。

「相変わらず腹立つ……」

美月はそっと成瀬をうかがうが、その顔つきからは心中が読み取れない。

「……」


ＩＣＵで美月と成瀬が安西の全身管理をしている。

「十五分ごとに瞳孔確認をお願いします」と美月が看護師に指示したとき、ベッドの安西が「うぅ」とうめき声をあげた。

「安西さん!? わかりますか？」

安西は目を開けるも意識は朦朧としているようだ。

「安西さん、ここは病院です」と成瀬が話しかける。「あなたは目まいを起こし――」

「手が……手が……」

安西の左手は小刻みに震えている。

「手が動かない……」

「！」


医局では、安西のＣＴ画像を見ながら嘉島が高梨と電話で話している。

「急患のCT、ご覧いただけましたでしょうか？　脳腫瘍があり、意識レベルも低下しており、我々ではどうしようも……。高梨部長、お戻りになっていただけませんか？」

「今日は学会だと言ってあっただろう。地方にいて、そちらに戻れるのは明朝だ」

「明朝!?　そんな……」

「戻り次第すぐにオペをする。それまで君がその患者をもたせろ」

「いやいや、もたせろと言われましてもどうやって……。それにこの時間は夜間勤務でして、私はこれ以上働くと規則違反に……」

「受け入れたのは君だろ？　頼んだぞ」

そこで電話が切れて、嘉島は絶句した。

「ウソだろ……」


スタッフステーションでは本郷が安西のMRI画像を見ながら、「かなり面倒な場所に腫瘍があるな」と眉間にしわを寄せていた。

「むずかしいオペになるかと」と成瀬が返す。

「え、じゃあ嘉島の言うとおり……高梨部長を待ったほうがいいってこと？」

幸保が問うても成瀬は答えない。

そこに私服姿の嘉島が戻ってきた。

「おい、本郷！　どんな手を使ってでもあの患者をもたせろ。これはセンター長命令だ！」

「先ほどと言ってることが真逆では？」

「高梨部長は？」と美月が尋ねる。

「地方にいて明朝まで戻れないと言われた……」

「マジかよ……」と深澤がつぶやく。

「今の時間はナイト・ドクターが担当だ。君たちが責任を持って、あの患者をもたせろ！」

幸保が顔をそむけてつぶやく。「サイテー……」

そこに新村が飛び込んできて、

「安西さんの意識レベル、さらに下がってます！」と告げる。

美月と成瀬がスタッフステーションを飛び出した。

「早くお帰りになったらどうですか？」と嘉島に言い残すと、本郷も出ていく。

ひとり残された嘉島が吐き捨てる。

「帰りたくても……帰れないんだよ！」

安西の瞳孔を確認して成瀬が、

「瞳孔に左右差が出てきた」

「え……」

本郷がやってきて、つぶやく。

「脳浮腫がさらに悪化してるのかもな……」

成瀬が本郷を振り向くと「このままだと脳ヘルニアになるかもしれません。自分に執刀させてください」と願い出た。

本郷はじっと成瀬を見つめる。

「私も、サポートに入らせてください」と美月が後押しする。

本郷は決断した。

「オペ室に運ぶぞ」

「はい！」


スタッフステーションのモニターの前では、嘉島が落ち着かない表情で安西の手術を見つめている。成瀬が執刀して美月がサポート。本郷は麻酔の管理をしている。緊迫した空気だが、三人に焦りは見られない。

嘉島とは離れた場所でパソコンを開いた深澤に、「何見てるの？」と幸保が尋ねる。

「安西さんのお店のホームページ。すげえよ、安西さん」

板前姿の安西が、いかにも高級そうな料理を盛りつけている。添えられた紹介文には、『世界に誇る料理人』とある。

「オペ、うまくいくといいな……」

深澤がつぶやいたとき、ホットラインが鳴った。

嘉島がビクッと体を震わせる。おそるおそる深澤が受話器を取った。

「はい。あさひ海浜病院救命救急センターです」

「日下部消防より受け入れ要請です。重症者は二名。三十代男性、四肢麻痺がありショック状態。二十代男性、胸部打撲で頻呼吸があり、顔面蒼白です」

「こんなときに……」と幸保が唇を噛む。

すかさず嘉島が叫ぶ。「無理だ！　断れ！」

深澤と幸保が嘉島を振り返る。

「お前らみたいなミジンコしかいなくて、できるわけないだろ！」

あまりの暴言に幸保は目を三角にしている。

「ミジンコって……」

深澤の脳裏に美月の言葉がよみがえる。

『先輩なしでもやれるようにならないと』

深澤がうかがうと、すぐに幸保はうなずく。意を決して深澤は救急隊員に言った。

「受け入れます」

嘉島はあ然として、ふたりを見つめた。

「何言ってんだ!? むちゃだろ!」

深澤は応じず、モニターへと視線を戻す。

安西の命を救うため、成瀬と美月が全力を尽くしている姿が見える。


立て続けにふたりの重症患者が運び込まれ、幸保が頸髄損傷の疑いでショック状態の三十五歳男性の、深澤が胸部打撲の二十八歳男性の処置に当たる。

「俺は知らんぞ! 知らん! 時間外労働だからな!」と救急医にあるまじき言葉を吐き、嘉島は初療室から目を背ける。

三十五歳が急変し、舞子が頸動脈に触れながら叫んだ。

「高岡先生! 脈弱くなってます」

「深澤、こっち入って！」と幸保が深澤に助けを求める。

「今は無理だ！　カルディオバージョン（心臓に電気ショックを与えて正しい脈に戻す治療）するから手が離せない！」

どうしよう……焦りながら幸保はスタッフステーションに目をやる。嘉島は我関せずといった感じで、手術室のモニターに見入っている。

そこに桜庭が駆け込んできた。

「ごめん！　遅くなった」

「桜庭……」

安堵のあまり、幸保の声がうわずる。

「何がビジネススクールよ。来るの遅すぎ！　REBOA入れて（バルーンカテーテルを大動脈内に留置することで出血をコントロールする技法）」

「了解！」

三人の迅速な処置が功を奏し、ふたりの重症患者の症状は安定し、初療室から運び出された。

その様子を見ながら、新村が言った。

「あの三人、頼もしくなりましたね」

その言葉に舞子はうなずく。

「お留守番も多いけど、ダテに場数踏んでないからね」

モニターの中で、成瀬の手がふいに止まった。しばらく待っても動かそうとしない。

嘉島は慌ててスタッフステーションを飛び出す。

初療室から戻った三人は、廊下を駆けていく嘉島を怪訝そうに見送る。


「どうした？」

本郷に問われ、成瀬は言った。

「腫瘍からの出血がひどすぎます……」

美月が不安そうに成瀬を見る。

そのとき、見学室のマイクを通し、嘉島の声がスピーカーから流れてきた。

「何をしている!?　早くオペを進めろ！　緊急開頭して何もしなかったなんて、あとで患者ご家族にどう説明するつもりだ!?　成瀬、あきらめるな！　なんとしてもやり遂げるんだ！」

成瀬は決断した。

「……オペを中止します」

「！　先輩……」

見学室から嘉島が叫ぶ。「成瀬！　このまま腫瘍が脳幹を圧迫したらどうする!?　お前は患者を見殺しにするつもりか!?」

「……執刀医は私です。私が判断します」

あ然とする嘉島を尻目に、本郷が言った。

「わかった。お前の指示に従う」

「あのバカ……」と嘉島はガラス越しに本郷をにらみつける。

「いいな？　朝倉」

本郷に問われて美月は成瀬に尋ねる。

「先輩……それは患者さんのことを思ってのこと、ですよね？」

「それ以外に何がある」

「……わかりました。私も先輩の指示に従います」

「どいつもこいつも……これだから夜の連中は！……」

青ざめた顔で吐き捨てると、嘉島は逃げるように見学室から立ち去った。

気持ちをリセットし、成瀬は現在できるであろう最善の手段を考える。

「腫瘍からの出血を止め、小脳の一部を摘出してから頭を閉じる」

そう告げると、成瀬はふたたび手を動かしはじめた。

＊＊＊

翌朝、正面入口前の車寄せに停まったタクシーを降りた高梨と里中が、急いで院内に入っていく。

救命救急センターで出迎える嘉島に、早足で歩きながら高梨が尋ねる。

「患者さんの容体は？」

「それが……夜の連中がオペを途中で断念してしまいまして。あれ以上悪化し、手遅れになっていなければいいんですが……」

高梨は足を止めて嘉島を振り向く。

「オペを断念した？」

「はい……こちらがその患者の最新画像です」と嘉島がタブレットでＣＴ画像を見せる。

高梨はじっくりと画像に目を通すと、里中に、

「すぐにオペの準備だ」

「え？　あ、はい！」

足早に立ち去るふたりを見送る嘉島は、嫌な予感しかしない。

「そんなにまずい状況なのか……」

連絡を受け、成瀬と美月はストレッチャーに乗せた安西を手術室へと運んでいく。手術室の前では里中と看護師たちが待っていた。

安西を引き渡しながら、成瀬が言った。

「詳細は高梨部長に伝えてある。あとは頼んだ」

「はい」と里中がうなずく。

手術室に消える安西を、美月は祈るような気持ちで見送った。


手術が始まり、高梨が冷静な手技で進めていく。やがて、安西の脳内が見えてきた。

昨夜、成瀬がどういう処置をしたのか、その意図に気づき、里中は思わず声を漏らす。

「これって……」

高梨はうなずいて処置を続ける。

その手の動きは、この患者を救えるという確信に満ちていた。

手術室の扉が開き、高梨が出てきた。ベンチから立ち上がる成瀬と美月に、「無事終わったよ」と声をかけて、去っていく。

安堵して成瀬はその背中に頭を下げた。

安西を乗せたストレッチャーを押す看護師たちのあとから、里中が出てきた。

「里中……ありがとな」

「いえ」と里中は成瀬に首を振る。「お礼を言うのは我々のほうです」

「?」と美月が里中を見る。

「安西さんの腫瘍は、あのまま無理にオペをしていれば、脳幹がひどく損傷され、障害が残る危険性がありました。だから先輩は、あえて小脳だけを部分摘出して脳圧を下げ、我々がすぐに処置にとりかかれるように工夫してくださったんですよね」

美月はハッと成瀬を見た。

「それだけじゃありません。先輩たちが朝まで丁寧に安西さんの全身管理をしてくれたからこそ、我々はすぐオペに移れました。こんなにありがたいバトンはありませんよ」

里中の言葉に成瀬の胸に熱いものがこみ上げてくる。

「優秀な医者が夜にいてくださって、本当によかったです。ありがとうございました」

頭を下げ、里中は去っていく。

ホッとした表情で見送る成瀬に、美月が言った。

「さすがですね」

「戻るぞ」とぶっきらぼうに返す成瀬に微笑んで、美月はそのあとを追った。


意識を取り戻した安西が最初にしたのは、左手を動かすことだった。おそるおそる力を伝えると、思ったように指が曲がる。

安堵のあまり、涙がにじむ。

高梨から安西が意識を取り戻したと聞き、ICUに八雲が見舞いに訪れた。

「八雲さん……。え、八雲さんのいらっしゃる病院だったんですか?」

「はい。無事目覚めてよかったです。どうですか? お身体の具合は?」

安西は八雲の前で左手を動かしてみせ、「おかげさまでばっちりです」と微笑む。「これでまた八雲さんにおいしい料理を食べていただけますよ」

「それはよかった。行きつけの料理店がなくなるほど悲しいことはありませんからね」

笑い合い、安西が言った。「ぜひまたいらしてください。彼らと一緒に」

「彼ら?」

「手術してくださった高梨先生にお礼をお伝えしたところ、言われたんです。礼なら執刀医の私ではなく、夜通し体調を管理してくれた先生方に言うようにと。今はその先生たちはどちらにいらっしゃるんですか？」

「……彼らなら帰りましたよ」

「帰った？」

「彼らは朝まで患者の命をつなぐスペシャリスト。夜間専門の医師――ナイト・ドクターですから」

どこから調達してきたのか、本格的な流しソーメンセットが屋上に備えつけられている。

ったくお坊ちゃんの道楽にはついていけない……スイカ割りの次は流しソーメンって、どんだけイベント好きなんだよ。

盛り上がっている桜庭、美月、深澤、幸保を冷めた目で見ながら、成瀬は面倒くさそうに列の最後についた。

「行くよ！　ＧＯ！」と桜庭がソーメンを竹に流す。

先頭の美月がすくいそこねて次の深澤も空振り、その次の幸保もミスをして、最後に成瀬が涼しい顔でソーメンをすくう。

おいしそうに麺をすする成瀬に桜庭が言った。

「やっぱり断トツ器用だなあ、成瀬は！」

「こんなものもすくえないとは、それでも医者か？」

あきれ顔で言われ、美月、深澤、幸保はムッとなる。

「たまたまですよ、たまたま！　ほら桜庭、もう一回！」

美月のリクエストに、「はいはい」と桜庭がソーメンを流す。

「ねえ、そう言えばさ、どうすることにしたの？　脳外に戻る話」と唐突に幸保が成瀬に尋ねる。思わず話に気をとられ、美月の前をソーメンが通過していく。

「も〜、美月ちゃん！」

「ごめんごめん」

表情ひとつ変えずに成瀬が言った。

「俺はここに残って、ナイト・ドクターを続けることにした」

幸保と桜庭が同時に声をあげる。

「え!?」

「マジ!?」

「ど、どうしてですか？」と深澤が尋ね、美月はその答えをじっと待つ。

成瀬はおもむろに口を開いた。

「岩田さんのオペで後輩の里中より技術が劣ると知ったときは、悔しかった。でも患者がまた朝を迎える。それを叶える技術を持った医者は、あの病院では俺たちだけだ」

「先輩……」

「でも……」と深澤はさらに尋ねた。「脳外のほうはあきらめるんですか？」

「あきらめるつもりはない」

「え？」

美月は驚き、幸保は怪訝な顔を向ける。

「それって矛盾してない？」

「ナイト・ドクターのシフトを調整して、ときどき脳外のほうにも研修に行かせてもらえるよう、病院側と交渉した」

「そんなことができるんですか？」

美月にうなずいて成瀬が続ける。

「それぞれがいろんな場所でいろんな専門性を高めてここに持ち帰ってくれれば、それこそ本郷先生の言うような一流の医者に近づけるかもしれないしな」

成瀬の志の高さに美月は感動してしまう。

桜庭も深くうなずいた。「たしかにね、長い人生やりたいことを一つに絞る必要なんてないのかもね。弁護士兼小説家とか兼業する人たちが増えたように、もっと医者だって働き方が多様化されてもいいっていうか」

「そっか……そうだよな！」と深澤も納得する。

「それに優秀な経営者さえいれば、救急医の医者寿命だって延ばせるかもしれないしね」と言って幸保はチラと桜庭を見る。

「え、それって俺のこと？　プレッシャーかけないでよ」

慌てる桜庭を美月と幸保が笑う。

成瀬の決意に、深澤も強く背中を押されたようだ。

「俺……目指すよ！　ナイト・ドクター続けながら、いつか心美の病気を治せる医者！」

「俺もなる！」と桜庭も続く。「経営者とナイト・ドクターの二刀流！」

「私も。絶対に今の仕事続けながら結婚して、幸せな家庭を築いてみせる！」

幸保の口からも力強い宣言が飛び出し、美月は顔をほころばせた。

「先輩、ありがとうございます。新しい道を拓いてくださって」

「何がだ？　それより腹がへった。そろそろ普通に食わせろ」

「風情がないなあ。ダメダメ！」

流しソーメンをすすりながら、学生時代に戻ったように五人ははしゃぐ。
空に、うっすらと真昼の月が浮かんでいる。
その月を眺め、美月は思う。
今という時代の、同じ場所にいる私たちは、
一体どのくらいの偶然が重なり、こうして出会ったのだろうか？
このときの私たちは、間違いなく同じ場所で同じ方向を見つめていたんだ。
日本の救急医療の未来を変えるために。

その夜、しばらく落ち着いていた心美の容体が急変した——。

でも、この夜を境に、私たちは思い知ることになる。
この五人の出会いは、単なる偶然なんかではなかったということを。

9

看護師から連絡を受けた深澤と美月は、心美の病室に駆け込んだ。ベッドの上、耐えがたい痛みに身もだえる妹の姿に、我を失った深澤が悲鳴のように叫ぶ。

「心美！　心美！」

すがりつかんばかりの深澤をどかせて美月が心美の腹部を触診する。

「筋性防御……」

連絡してきた看護師のほうへ振り返って尋ねた。「血ガスデータは？」

「こちらです」

美月は検査数値を見て、つぶやく。「アシドーシス（体液が正常値よりも酸性に傾いた状態）もある……腸管虚血かもしれない」

「え……」と深澤が顔を上げた。

「ＣＴ撮ってＩＣＵに運ぶよ」

ふたりが心美をＩＣＵに運び入れると、本郷がやってきた。うわ言のように妹の名をつぶやき続ける深澤を下がらせると、成瀬とともにＣＴ画像を確認する。

「大動脈炎症候群の治療中だったな。フリーエアー（消化管に穴があき、腹腔内に空気が漏れ出した状態）だろう。オペの準備だ」

美月と成瀬が「はい！」とうなずく。

「そんな……オペって……」

がく然となる深澤を、幸保が待合スペースへと連れ出す。

美月は作業をしながら、苦しげに顔をゆがめる心美に心のなかで語りかける。

頑張って……私たちが絶対、助ける！


どれくらい時間が経ったのだろう。ふいに手術室の扉が開いて本郷が出てきた。美月と成瀬が続き、心美を乗せたストレッチャーを運び出していく。

深澤は弾かれたようにベンチから立ち上がり、「心美は!?」と本郷に駆け寄る。

「大丈夫だ。穿孔部を含めて切除した」

その表情に心美の無事を確信した深澤は、深々と頭を下げた。

「ありがとうございました……」

そんな深澤を横目に、美月は心美をＩＣＵへと運んでいく。

気管チューブを口に挿入した状態で心美が眠っている。寄り添う深澤がベッド脇で全身管理をしている美月につぶやく。

「あんまりだよな……」

「？……」

「せっかく外出できて、あと少しで退院できるかもってときだったのに……どうして心美ばっかりこんな目に……」

返す言葉もなく、美月は作業を続ける。


術後の経過もよく、心美は一般病棟に移されたが、深澤は現場に戻ってこなかった。少しでも心美のそばにいてあげたいと休職を願い出たのだ。

病棟回りから戻ってきた成瀬に美月が尋ねる。

「心美ちゃんの様子……どうでしたか？」

「容体は安定している。問題ない」

「深澤は？」と幸保が重ねる。「その……大丈夫そうだった？」

「昨日も今日も、ずっと付き添ってたみたいだな」

成瀬の声音から復帰はまだ先になりそうだと感じ、スタッフステーションの空気が重くなる。そんな雰囲気を破るように美月が大きな声を発した。

「よし、決めた。明日出勤前に心美ちゃんのお見舞いに行こう！　私たちみんなで」

「え？」と桜庭が美月を見る。

「同じ職場で働く同僚なんだし、深澤が大変なときはみんなで協力すべきでしょ？」

「出た出た、お節介」と幸保がため息をつく。

「これは深澤たち家族の問題だ。俺たちが首を突っ込むことじゃない」

成瀬に言われ、「じゃあ、家族がいない人は？」と美月が反論する。「家族の誰かが病気になったとき、家族だけでカバーしようとするから介護疲れとかそういう問題が生じるんじゃないですか？　べつに他人だってもっとサポートしたっていいじゃないですか」

美月らしい考えに、思わず桜庭は笑ってしまう。

「深澤だって、こういうときにひとりじゃないって思えたほうが安心できるはずです」

「美月ちゃんに一票！」と桜庭が手を挙げる。

「ホントお節介」とあきれながら、幸保も挙手。

仕方がないなという顔で、成瀬が美月に言った。

「少し顔を見たら帰るぞ。あんまり長居しても迷惑だ」

「じゃあ決まりで！」

車イスに乗った心美が、中庭でひとり風に当たっている。

「こんなところにいたのか」と深澤がやってきた。「早く病室へ戻るぞ」

「……また入院、延びちゃったね」

「……」

「これだけ学校行けなかったらさ、留年確定だね。勇馬のことも、これからは勇馬先輩って呼ばなきゃ」

「心美……」

「やだな、冗談だよ、冗談」と心美は笑ってみせる。「お兄ちゃんがそんな深刻な顔しないでくれる?」

深澤はハッとする。

「ごめん、ごめん……」

「もう慣れてるから大丈夫。どこか悪くなって治しても、またどこか悪くなる。そうやって永遠にイタチごっこが続くのが、この病気でしょ」

「……」

病室に戻り、心美はベッドに移った。車イスを片づけながら深澤が尋ねる。

「？」

「大丈夫。それよりお兄ちゃんにさ、一つお願いがあるんだけど」

「何か飲むか？」


いつもよりも早めに出勤した一同が、心美の病室の前へとやってきた。両手いっぱいの荷物を抱えた桜庭に幸保が尋ねる。

「なんなの、それ？」

「俺が厳選したお見舞いグッズ。こう見えて俺、十四歳まで入退院をくり返してた入院のプロだからさ！　落ち込んだとき、どうすれば気分が晴れるかとか知ってんだよね」

「すごい、桜庭！　頼もしい〜」と美月に称えられ、「でしょ？」と桜庭はドヤ顔になる。

「相手は女子高生。お前とは趣味嗜好が一八〇度違うと思うけどな」

冷たく返す成瀬に、「大丈夫、大丈夫！　女心とかバッチリ理解してるから！」と桜庭は紙袋から恐竜のフィギュアを取り出して胸を張る。

いや、センス……と美月が不安を覚えたとき、ドアの向こうから深澤の大きな声が聞こえてきた。

「なに言ってんだよ！　こんなの絶対認めないからな！」

「だからちゃんと話聞いてよ！」

今度は心美の声だ。

慌てて皆が病室に入ると、ふたりは剣呑な雰囲気だ。

「どうしたの？」と美月が尋ねる。

皆に気づいた深澤はバツ悪そうに口をつぐむ。

「美月先生……皆さんも……」と心美は一同を見回す。

「ごめんね。いきなり大人数で押しかけて」

幸保が謝り、桜庭がふたたび事情を尋ねる。

深澤をチラと見て、心美が口を開いた。

「もし、これから私に何かあって……万が一死んじゃったら、ドナーになりたいって言ったんです」

そう言う心美の視線の先、ベッドテーブルにはドナーカードが置かれていた。

驚く一同を前に心美は続ける。

「でも最終的には家族の同意が必要みたいだから、お兄ちゃんにもわかっててほしくて」

「こんなの絶対同意できるはずないだろ！」と深澤が強く拒絶する。

「そんなに頭ごなしに否定しなくたって……」

「なんで死ぬことなんか考えてんだよ……あきらめんなよ！」

「違う。そういうことじゃなくて……。お兄ちゃんはさ、どれだけ多くの人がドナーを待ってるか、考えたことある？　ドナーが見つかれば、助かる人が——」

「知るかよ、そんなこと！」と深澤がさえぎる。「どうでもいいよ！」

桜庭と美月はそれぞれの思いを胸に、ふたりのやりとりを聞いている。

「大体ドナーになるってどういうことか、お前のほうこそわかってんのか？　身体にメスを入れられて……お前の代わりにほかの誰かが生きるために、なんでそんなことする必要があるんだよ！　そんなつらいこと……何もお前がする必要ないだろ！」

「……」

重い沈黙に包まれるなか、「おい、帰るぞ」と成瀬が皆をうながす。「これは深澤が妹さんとふたりで話し合うべき問題だ。ほら」

美月と幸保が出ていこうとするが、桜庭はその場を動けずにいる。

「桜庭」と成瀬に声をかけられ、「あ、ごめん……」と慌ててあとに続いた。

ふたりきりになり、話は終わりだとばかりに深澤は心美に宣言した。

「とにかく俺は……絶対に反対だからな」

「……」

廊下を医局に戻りながら、「ごめん私……なんか間の悪いときにみんなを誘っちゃったね」と美月が謝る。

「でもさ、反対する深澤の気持ちもわかるよね」と幸保が返す。「医者がこんなこと言うべきじゃないんだろうけど……しんどいでしょ。大切な人を失ったうえに身体を傷つけられるなんて。私も無理だな」

「俺たちがとやかく言うことじゃない」と成瀬は足早に皆から離れる。お見舞いグッズを抱えた桜庭も、「これ、いったん寮に置いてくるね！」と去っていく。

「え？　ちょっと……なんかみんな、冷たくない？」

幸保の言葉に美月は応じず、自分の考えに沈み込んでいる。


桜庭が医局に戻ると、成瀬がひとりカップ麺をすすっていた。「お疲れ」と声をかけ、自席につく。

「……大丈夫か？」

「何が？」

「深澤も朝倉も高岡も、お前が移植手術を受けたことは知らないからな。悪気はない」

「……わかってるよ。でも逆にあれが本音ってことだよね」

「……」

「成瀬は気づいているんでしょ？　俺のドナーのこと」

それには答えず、食事を再開する。構わずに桜庭は続けた。

「美月ちゃんもさ……きっとショックだったよね。もし俺のことを知ったら、どう思うかな」

「……考えるだけムダだろ。提供を受けたレシピエントが誰なのか、ドナーの家族は知ることはないんだからな」

「……」

食べ終えると成瀬は立ち上がった。

「お前も、そのルールだけは守れよ」

「……言われなくてもわかってるよ」

更衣室で着替えながら、桜庭は自分の胸の手術痕を見つめた。

『ほかの誰かが生きるために……なんでそんなことする必要があるんだよ！』

さっき聞いた深澤の言葉がよみがえってくる。

美月は自席につくと、お守りのように持ち歩いている古いドナーカードを財布から取り出し、じっと見つめた。『朝倉恵美』と記された署名欄の上に記載された臓器——心臓、肺、肝臓、腎臓、膵臓、小腸、眼球——すべてに○がついている。

たとえ同じ命を扱う仕事をしていても、価値観は人それぞれ異なる。

五人いれば五通りの考え方がある。

性格も価値観もバラバラの私たちは、どうしてこの場所で出会ったんだろうか。

＊＊＊

引き継ぎにやってきたのが美月、成瀬、幸保の三人だけなのに気づいて、「おやおや」と嘉島があきれた顔になる。「こんな夜にそんなメンバーで大丈夫なのか？」

「こんな夜？」と美月が怪訝そうにつぶやく。

「大丈夫ですよ。うちには鍛え抜かれた精鋭がそろっていますから」

本郷の返事を嘉島が鼻で笑う。

「そんなモヤシみたいなひょろひょろの連中で本当に大丈夫なのか？」

「モヤシ？」

「ひょろひょろ？」

幸保と美月が同時に嘉島をにらみつける。

事情を知っている成瀬がふたりに言った。「お前ら、俺の手をわずらわせるなよ」

「どういうことですか？」

ワケがわからない美月に一枚のチラシを押しつけ、「まぁせいぜい頑張りたまえ」と嘉島は昼間メンバーを引き連れ、スタッフステーションを去っていく。

チラシには、屈強な肉体のいかついい男たちの写真とともに『総合格闘技　ヘビー級五大決戦』と記されていた。会場は病院に程近い多目的ホールだ。

「ヘビー級って……」

イヤな予感に美月と幸保と顔を見合わせる。

予感はすぐさま的中した。

ストレッチャーを軋ませながら救急車から降ろされたふたりの巨漢を、幸保と美月があ然としながら受け入れる。

「デカい、デカすぎる……」

「さすがヘビー級……」

足が止まったふたりを「急ぐぞ」と成瀬がうながす。

ひとりは三十代で腹部外傷、もうひとりは二十代で肋骨骨折に加えて気胸の疑いもある。両者とも試合中の受傷だが、このふたりが戦ったのかは定かではない。

美月と幸保は二十代の処置を担当することになったが、いきなり問題が生じた。百キロを超える巨漢に、女性ふたりでは処置台に移動させられないのだ。

「ウソでしょ、この重さ……」と腕をプルプルさせながら幸保がうめく。

「先輩、こっち入ってください」と美月が成瀬に助けを求める。「女の私たちだけじゃ無理です！」

成瀬は三十代患者の処置を続けながら冷たく返す。「俺の手をわずらわすなと言っただろ。都合のいいときだけ女を利用するな」

カチンときた美月は幸保に、

「高岡、なんとしてもふたりでやり遂げるよ」

「当然！」

「一、二、三！」

どうりゃあ！

巨体が持ち上がり、ドスンと処置台に乗った。

「はぁ、はぁ」と息を荒らげながら、ふたりは処置を始める。

そんな騒動を見ながら新村が舞子に言った。

「近くの会場で総合格闘技の試合やってるんでしたっけ？」

「そう。筋肉祭り」と舞子は目を輝かせる。あわよくばマッチョなイケメンと運命の出会いを……そんな妄想をふくらませていた。

その頃、桜庭は救急外来の診察室にいた。腹痛を訴える老婦人の診察を終え、「次の方どうぞ」とドアを開ける。

スキンヘッドを血で染め、顔面アザだらけの巨人がのっそりと入ってきた。

「えええええ!?」と桜庭は素っ頓狂な声をあげる。「ちょっと歩いてきたんですか!?」

よく見ると外国人だ。筋肉の鎧をまとった上半身はタトゥーで彩られている。

桜庭は近くにいた看護師に叫んだ。

「初療室！　初療室に連れてってください！」

救急車が行き交い、鳴り響くサイレンはやむ気配がない。そんな窓の外を気にする深澤に心美が言った。

「ねえ、いつまでいるつもり？　早く仕事行ってきなよ」

「それなら大丈夫」と深澤は心美に顔を向けた。「しばらく休職することにしたから」

「え、休職!?」

「そのほうが気兼ねなくお前の看病ができるだろ？」

「……最悪。カッコ悪すぎ。信じらんない……」

「は？」

「医者ならさ、もっと患者さんのことを第一に考えなよ。私の心配ばっかりしてないで、ほら、このカードにも早くサインして」と心美はドナーカードを差し出す。

「だからそれなら、書く気ないって言ってるだろ！」

「少しは私の気持ちを尊重してくれたっていいでしょ？」

「無理なものは無理！　こんなの書いたってお前のためにならないだろ！」

「お兄ちゃんは全然わかってない……」と心美はため息をついた。

「え？……」

「とにかく書いて。それから、ちゃんと仕事もして！　ここにサインしてくれるまで、私のお見舞いにも来なくていいから」と心美はカードを押しつけた。

「は？　なんでそうなるんだよ」

「頭固いお兄ちゃんと話してると余計具合悪くなる」

そう言って、心美はベッド回りのカーテンを閉める。

「心美！」

「帰って！」

「意味わかんねえ……」

心の扉までも閉じられてしまった気がして、深澤は途方に暮れた。


「新村、胸腔ドレーン準備して！　早く！」

「はい、すみません！」

処置を続ける幸保に、若手格闘家が痛みに耐えながら笑いかける。

「姉さん、なかなかいいキレっぷりですね」

「はい？」

「あとで連絡先教えてください」

幸保は笑みを返して言った。「あと五十キロ、痩せてくれたら」

隣では美月が外来から回された外国人格闘家の処置を終え、「お願いします」と舞子に引き渡している。

「ユア・マッスルズ・アー・ワンダフォー」などと機嫌よく軽口を叩きながら、舞子は患者を初療室から連れていく。

「次の患者さんまもなく到着します！」と新村が初療室の皆に告げる。

思わず幸保が尋ねた。「何キロ？」

「推定一一〇キロ」

「一一〇!?　腕もげる……」

泣きごとを言う美月に、「ひとの筋トレをバカにしてる場合じゃなかったな」と成瀬が涼しい顔で三十代格闘家を乗せた処置台を運んでいく。

「！……」


格闘家たちの処置を終えた幸保と美月が、疲労困憊で医局に戻ってきた。

「マジやばい。明日絶対筋肉痛……」

「同じく……」

倒れ込むようにイスに座るふたりに、私服姿の深澤が言った。

「あの……お疲れさまです」

「え!?」

「なんでここにいるの!?」

驚くふたりに深澤は、「いや、ちょっと……」と気まずそうに答える。「心美に病室追い出されちゃって」

「どうして?」と美月が尋ねる。

「それは……ドナーカードにサインするまで見舞いに来るなって言われちゃって……。ホント意味わかんねえよ」

「……」

「心美ちゃん、そんなに意志固いんだ?」と幸保。

「うん……」とうなずくと、「あ、そうだ!」と深澤が美月に視線を戻す。「朝倉からも心美に話してくれないか?」

「え?」

「朝倉の言うことなら、あいつも素直に聞くかもしんないし。ドナーカードのこと考え直せって。きっと心美のやつ、今は体調悪くて弱気になってるだけなんだよ。何もお前がそんなこと考える必要はないって言ってほしいんだ」

「……ごめん。それはできない」

「え？」

いい機会かもしれないと美月が話しはじめる。

「私のお母さんさ……ドナーになったんだよね」

「！……」

幸保も驚いて美月を見る。

「心美ちゃんのことを思って反対する深澤の気持ちも、もちろんわかる……。でも、心美ちゃんにはきっと心美ちゃんの考えや想いがあって、そうしたいんだと思うから……私がとやかく言うことはできない……」

「朝倉……」

そのとき、美月と幸保のスマホが同時に鳴った。

イヤな予感に、ふたりはおそるおそる電話に出る。

「え……場内で乱闘騒ぎ？」

「え？　救護所の医師が逃げ出した？」

格闘技大会会場への派遣要請だった。電話を切ると、ふたりは深いため息をつく。

「急患か？」

「うん」と美月は深澤にうなずく。「心美ちゃんとよく話し合いなよ」

幸保と一緒に医局を出ていく美月を、深澤はなんともいえない複雑な感情で見送る。

まさか、朝倉のお母さんが……。


会場での処置を終えて美月と幸保が病院に戻ると、ＨＣＵのベッドには容体の安定した格闘家たちが豊洲市場のマグロのように並んでいた。

「なんなの、この光景……」

あ然とする幸保に、若手格闘家が笑いかける。

「姉さん、次の試合のときもまたよろしくお願いします！」

「遠慮しておきます……」

「もう腕パンパン」と美月が細い二の腕をさすっていると、「少しは鍛えろ、もやしシスターズ」と成瀬が茶化して去っていく。

ムッとして見送るふたりに、若手格闘家が言った。

「鍛えたいならダンベル貸しましょうか？　おすすめのプロテインもありま――」

「結構です！」とふたりは同時にさえぎった。


深澤が落ち込んでいると、桜庭が医局に戻ってきた。

「あれ？　深澤？　何してんの？」

「あ、お疲れ。今夜は外来か？」

「うん」

「さっきさ……俺、朝倉に無神経なこと言っちゃって」

「え？」

「あ、いや……」

勝手に話すわけにはいかないと深澤は口を閉じる。

「そういえばさ……心美ちゃんの件、どうなったの？」

「……相変わらずドナーカードにサイン書けってうるさくてさ。ホント意味わかんねえよ。どうして心美がそんなことする必要があんのか……。そんなの同意できるわけないじゃんな」

同意を求められたが、桜庭は即座に否定した。

「臓器提供の意思表示をするのは、深澤じゃなくて心美ちゃんだろ」

「それはそうだけど……」

「もしかしてさ、自分のためなんじゃない？」

「え？」

「それって、自分のために言ってるんじゃないの？」と桜庭は言い直した。

痛いところをつかれて、深澤はイラっとしてしまう。

「ああ、そうだよ。自分のために言ってるんだよ」

なぜ深澤が怒るのかがわからず、桜庭は戸惑う。

「兄貴なら妹の身体を第一に考えて当然だろ！　守ろうとして当然だろ！」

深澤の勘違いに気づいて、桜庭は慌てた。

「いや違う。そういう意味じゃなく――」

「あいつが万が一死んで、身体傷つけられるようなことになったら……そんなの想像するだけで耐えらんないんだよ！」

「！……」

「あのカードに名前を書いた途端、心美が……心美が死ぬのを待つやつらが大勢いるのかと思うとゾッとすんだよ！」

深澤の言葉が急所に刺さり、「そんな言い方ねえだろ！」と桜庭は反射的につかみかかった。「お前それでも医者か!?」

「医者の前に心美の兄貴なんだよ！」と深澤がつかみ返す。「お前に何がわかんだよ！お前には関係ないだろ！」

そこに成瀬が戻ってきた。つかみ合うふたりに目を見張り、「何してんだ！　離れろ！　落ち着け！」と慌ててふたりを引き離す。

騒ぎを聞きつけて美月と幸保も駆け寄ってくる。

息を荒らげながら、桜庭は深澤に言う。

「……自分のためっていうのは……心美ちゃんのことを言ってるんだよ！」

「は？」

「心美ちゃんの気持ち、ちゃんと聞けよ！」

そう言い捨てると、桜庭は医局を出ていく。

「意味わかんねえよ……」

苛立つようにつぶやく深澤を、美月が見つめている。

結局、深澤は皆の勤務が終わる時間まで病院に残った。翌朝、寮への道を一緒に帰りながら、美月が深澤に言った。

「桜庭と何があったのか知らないけどさ、ちゃんと話して仲直りしてよ。あんたが休んでる間、カルテの整理とか紹介状の返事書きとか、全部桜庭が進んでやってくれてるんだからね」

「え？……」

「外来だって、深澤の分も俺がやるって引き受けて……。桜庭だけじゃない。ああ見えてみんな深澤のこと、心配してるんだよ」

「……」

＊＊＊

医局で皆が準備をしていると、深澤が顔を出した。

「あれ？　今夜も休みでしょ。どうしたの？」と幸保が尋ねる。

「いや、その……桜庭に話があって」

深澤は桜庭の前に立つと、「昨日はごめん！」と頭を下げた。

「……」

「桜庭に痛いとこつかれて、ムキになって言いすぎたっていうか……きっと桜庭は桜庭なりに俺のこと思って言ってくれたはずなのに、俺……全く聞く耳持たずに逆ギレっていうか、最低なこと――」

「違うよ」と桜庭がさえぎる。「ムキになったのは……俺のほうだよ」

「え?……」

　意を決して桜庭は告白する。

「俺は……レシピエントなんだ」

「え?……」

　美月も驚いて桜庭を見る。

「レシピエントって……」と驚いたように幸保が尋ねる。

　左胸にそっと手を当てると、桜庭は言った。

「亡くなった方の心臓をもらって、俺は生きてる」

「……」

「心美ちゃんみたいに意思表示をしてくれるドナー提供者がいなければ、今頃、俺はこの世にいなかった。だから……否定する深澤に勝手に頭きて、あんなことを……。悪いのは俺のほうだよ。ごめん」

　頭を下げられて深澤は戸惑う。

「桜庭……」

「じゃ、外来行ってくるね」

「……」

スタッフステーションで作業をしながら、幸保が美月に話しかける。

「桜庭……どうして話してくれたんだろう」

「え？」

「いやさ、桜庭が昔、心臓の手術受けたことは知ってたけど、それが移植手術だってことまではずっと私たちに隠してたわけでしょ？　普通ちょっと言いづらいもんね……」

「……」


明かりの消えた正面ロビーの待合スペースに肩を落とした桜庭が座っている。本郷がやってきて、声をかけた。

「何をサボってる。外来だろ」

「本郷先生……すみません」

慌てて立ち上がると桜庭は言った。

「……じつはみんなに、俺がレシピエントだってことを話したんです。黙っててほしいとお願いしておいて、すみません」

頭を下げる桜庭に、本郷は言った。

「謝ることじゃない。そもそも隠すことでもないからな」

「深澤と……ドナーのことで揉めてしまったんです。やっぱりどこか……負い目があるんですかね」

「？……」

「誰かの大切なものをもらって生きるほど、立派な人間になれてない気がして……罪悪感っていうか」と、桜庭は今の心情を吐露する。「でもきっと、この罪悪感とは一生付き合っていかなきゃならないんですよね」

「……」

「仕事に戻ります。失礼します」

一礼して桜庭は本郷の前から足早に去っていく。

「……」


その夜、最初の急患が運ばれてきた。処置をしながら成瀬がつぶやく。

「ひどい貧血だな……」

すぐ新村に指示を出す。「輸血O型RBC6単位！」

「はい！」

スタッフステーションでは美月がベッド情報を見ながら首をかしげていた。

「今日はずいぶん重症患者が多いですね」

「昼間に本院から先生方が見学にいらしたみたいで」と舞子がその理由を話す。「嘉島先生が張り切って患者を受け入れたみたいです」

「ホント現金なヤツ」と幸保が吐き捨てる。

そこに本郷がやってきた。

「五分後、もうひとり重症患者が運ばれてくる。受け入れ準備をしておけ」

「わかりました」

美月が応えて準備を始める。


深澤が病室に入ると、ベッドの上から心美が鋭い視線を向けてきた。

「ここに来たってことは、カードにサインしてくれたってことだよね？」

「ちゃんとお前の気持ちを聞きにきた」

深澤はベッド脇に座ると、ドナーカードを取り出す。

「俺はどうしても理解できない。お前はまだ十六で、これから先、絶対また元気になって、高校にだって通える。なのにどうしてこんな後ろ向きなことを考えるのか……わからないんだ」

「後ろ向きになんか考えてない……。自分のためだよ」

桜庭が指摘したのと同じ言葉だった。驚く深澤に心美が告げる。

「自分のために……少しでも誰かの役に立ちたかったの」

「どういうことだよ……」

心美の口から、それまで秘めていた想いがあふれ出る。

「ずっと苦しかった……お兄ちゃんが私のことばっかり優先して、やさしくしてくれるたびに申し訳ない気持ちになって」

「え？……」

「先生や看護師さんたちにだってそう。一生懸命治療してくれても、私は一向によくならない。いつまで経ってももらってばかりで、迷惑かけて……。だから……どんな形でもいい。誰かの役に立ちたかったの」

「心美……」

「去年、ドナー提供のことを知って」

心美は枕もとに置いたノートを開いて、深澤に見せる。臓器提供について調べたことが、心美の字で細かく丁寧に書かれている。

目を通しながら、深澤はその熱意に圧倒される。

「調べれば調べるほど、こんな私でもいつか誰かの役に立てるんじゃないかって思った。医者として働くお兄ちゃんみたいに……困ってる人を助けられるかもしれないって思ったの」

「！……」

「そしたら……心が少し軽くなった。こんな自分でも好きになれた。だから私は……堂々と生きていたいから、これを書いたんだよ」

心美の想いをどう受け止めればいいのかと深澤は困惑する。そのとき、窓の外からサイレンが聞こえてきた。思わず視線を向ける深澤に、心美が言った。

「早く仕事に行ってきて。お兄ちゃんは救急医でしょ？」

「……」


「四十代男性。自宅アパートの外階段から転落。右側腹部を強く痛がってます」

救急隊員から美月と成瀬が患者を引き継ぐ。腹部をエコー診断して本郷が言った。

「腹腔内出血か……この量だと開腹して止血だな」

すぐに成瀬と美月が手術の準備に入る。そこに青ざめた顔の舞子が戻ってきた。

「大変です！　院内のO型RBCが4単位だけです！」

「え？　どうして……」

「昼間に使いすぎたな」と成瀬がつぶやく。

「そんな……」

「嘉島のやつが張り切って受け入れたから……」と幸保が舌打ちする。

「血液センターにオーダーは？」と本郷が舞子に確認する。

「出しましたが、この時間運搬車が出払っているらしく、到着まで二時間かかると言われました」

「それだとこの患者はもたない」と成瀬の表情が険しくなる。

「誰かが直接センターまで取りに行くしかないな」

本郷の言葉に、一同の視線が舞子に向けられる。

「私!?　私はでも、オペの準備が……」

どうしよう……。

焦って周囲を見回す美月の視界の先に、スクラブ姿の深澤が飛び込んできた。

「お取り込み中、すみません！　突然ですが今夜からまたこちらで働かせてください！

ナイト・ドクターとして患者さんのために働きたいんです！　お願いします！」

頭を下げる深澤に、ナイスタイミングとばかりに一同が笑った。

いぶかしそうに顔を上げる深澤に、本郷が言った。

「ちょうどいいところに帰ってきたな」

「はい？」

成瀬はメモにペンを走らせ、深澤に渡す。

「ここに行ってこい。三十分以内に戻れよ」

「えーっと、これは……」と深澤はメモに視線を落とす。

『輸血用血液供給センター』という文字と所在地が殴り書きされている。

「おつかいヨロシク」と美月が微笑む。

「おつかい……？」


施設の前にドクターカーを停めると、深澤は運転席を飛び出した。正面入口は閉まっていて、急いで裏口へと回る。

いっぽう、皆は応急処置を続けながら深澤の帰りを待っていた。しかし、患者の容体は刻一刻と悪化する。血圧が40まで下がったとき、本郷が決断した。

「もうこれ以上は限界だな。開腹だ。最短で一次止血するしかない」

「わかりました」と成瀬も覚悟を決める。

「早くしてよ、深澤……」

思わず幸保が声を漏らし、心のなかで美月も祈る。

準備を終えた本郷が、メスで患者の腹を開く。次の瞬間、美月の視界が赤く染まる。

思った以上の出血だ。

アラームが鳴り響き、「VT（心室頻拍）です！」と舞子が叫ぶ。

「脈触れません！」

切迫した幸保の声を聞きながら、美月は懸命に出血箇所を探る。成瀬は心臓マッサージを始めている。

ここか……！

「出血点、つかみました」

「急いでクランプしてパッキングする」

美月と本郷が止血術を続けるなか、成瀬と幸保はふたたび心臓を動かすのに必死だ。

「離れてください！　除細動します」

幸保がチャージしたパドルを胸に当てて放電。患者の身体がびくんと跳ね、すぐに成瀬がマッサージを再開。二度目の除細動で心拍は再開した。

「戻った……」

一同がホッと息をついたとき、初療室に深澤が駆け込んできた。

「お待たせしました！　輸血パック、持ってきました！」

「深澤……！」

「やっと来たか」

本郷が深澤を迎え入れながら言った「お前が輸血しろ」

「え？　俺が？」

「ＲＢＣ10単位、レベルワンで！　ＦＦＰも10単位溶かしてくれ！」

「はい！」


手術が終わり、容体が安定してきた患者を美月と成瀬がＩＣＵへ運んでいく。安堵しながら見送る深澤に、本郷が声をかけた。

「よくやった」

「え？　いえ……僕はただ輸血パックを届けただけですから。処置した朝倉たちのほうがよっぽど――」

「その輸血パックがなければ治療はできなかった」

「……え」

「お前が運んだ誰かの献血があの患者を救ったってことだ」

「！……」

命を救うのは医者だけではない。

本郷の言葉は、深澤にはそう聞こえた。

＊＊＊

翌朝、勤務を終えた美月と深澤は心美の病室を訪ねた。

「心美ちゃん、おはよう」

「美月先生……」

美月の後ろから、決まりが悪そうな深澤が顔を覗かせる。

「お兄ちゃんも」

「深澤のこと、背中押してくれたんでしょ？　ありがとね」

「ホントもう、世話の焼ける兄貴で大変だよ」

「悪かったな！」

ほのぼのとした兄妹のやりとりに笑いながら、美月はふとベッドサイドに置かれた恐竜のフィギュアに目を留めた。

「あれ？　それって……」

「ああ。桜庭先生がお見舞いに持ってきてくれたの。この恐竜、持ってるだけでいいことがあるんだって。本当かな……」

「桜庭が？」と深澤は意外そうに恐竜を見つめる。

「そっか……」と美月は微笑んだ。


寮に戻るとすぐに桜庭から招集がかかった。美月が屋上に行くとバーベキューコンロがセットされ、テーブルには食材と冷えたビールが用意されている。すでに深澤と幸保もいて、やがて成瀬も上がってきた。

全員がそろうと、桜庭がビールのグラスを掲げた。

「乾杯～！　深澤、復職おめでとう！」

「おめでとう！」と美月も自分のグラスをかかげる。

「あ、ありがとう。でもまあ三日くらいしか休んでないけどな」

「いちいちなんでも祝いすぎだろ」

ボソッとつぶやく成瀬に美月が言った。

「いちいち文句言わないでください」

「ほらほら、楽しも、楽しも！」と桜庭がとりなす。

「そういえばさ」と幸保が深澤に顔を向ける。「心美ちゃんとは……どうなったの？」

「……桜庭に言われて、ちゃんと心美の気持ちを聞いてきた」

深澤の話に、皆は真剣に耳をかたむける。

「心美がどうしてドナーの意思表示をしたいのか、その気持ちは理解できたし、尊重したいとも思った。どれだけ多くの人がドナーを必要としているかも、あらためて知った。でも……あと少し、どうしても自分の気持ちに踏ん切りがつかないんだ。ホント情けない話なんだけど……」

しんみりとする空気に、深澤がハッとした。

「ごめん、こんな話……」

「いいよ、いいよ！」と桜庭が微笑む。「それより早く飲も！」

「あのさ、参考になるかはわからないんだけど……」

そう言って美月が皆に見せたのは古いドナーカードだった。

「それって……」

深澤にうなずいて美月は言った。「お母さんのドナーカード」

思わず桜庭が目を伏せる。そんな桜庭を成瀬がそっとうかがう。

「うちのお母さんさ、いつも誰かのために生きてるような人で……。どんなに仕事に疲れてても、お父さんが帰ってくる日は必ず手の込んだ料理をうれしそうに振る舞ってた。私のお弁当もそう。毎朝欠かさず早起きして作ってくれた……。そんなお母さんが、ある日突然亡くなって。お母さんの財布からこのカードを見つけたときは……戸惑った」

「……」

「あのときはお母さんの想いを尊重して、お父さんと同意書にサインしたけど……。実際に提供し終えたあとのお母さんと対面したとき……本当にそれで正しかったのか、わからなくなった。まだお母さんが亡くなったことすら受け入れられてないのに、身体だけどこかに持っていかれちゃったような気がして……寂しくて」

「……」

「でも……しばらくしてサンクスレターっていう、レシピエントの方からの手紙が届いたんだ」

桜庭の心臓がドクンと跳ねた。動揺を悟られないように表情をつくろう。

「お母さんのおかげで助かった人がいて、今も元気にどこかで生きてる……。そう思うだけで、悲しかったはずの過去がほんの少しずつ変わっていった。その手紙が毎年届くたびに、やさしかったお母さんが今もどこかで見守ってくれてるような気がして……。寂しかった気持ちがだんだん和らいでいったんだよね」

桜庭の胸に言葉にならない感情が込み上げてくる。

「だから私は……このカードを残してくれたお母さんに……今はいちばん、ありがとうって伝えたい」

こらえきれずに桜庭はテーブルから離れた。

「え、桜庭？」

腰を浮かせた幸保をさえぎるように、成瀬が先に立ち上がった。

「しみったれた話はここまでだ。朝倉、お前は話が長すぎる」

「え？」

「ほら、早く食うぞ」と成瀬はコンロを目で示す。

「はい、はい」

皆がバーベキューの準備をするなか、桜庭はひとり背を向けて静かに涙する。

「道理で朝倉みたいなお節介な娘が育つはずだな」

深澤の言葉に、「え？」と美月が振り向く。

「そんなお母さんに育てられたんだからさ」

美月は微笑んで言った。「お節介は余計だから！」

「ごめんごめん！　でも、話してくれてありがとな」

「うん……」

ようやく落ち着いた桜庭は、クーラーボックスから木箱に入った肉を取り出した。

「じゃーん！　A5ランクの最高級お肉だよ～。実家から持ってきちゃった！」

「さすが御曹司！」

「たまにはいい仕事するな」

「おいしそ～」

「桜庭も、ありがとな」

称賛の言葉に胸を張る桜庭に、深澤が言った。

「何が？」

「いろいろとその……話しづらいだろうことも話してくれて」

「……俺は……みんなだから話そうと思ったんだよ」

「……」

ふたたびしんみりとした空気になるのを振り払うように、桜庭が明るく言った。

「さ、焼こう、焼こう！」

「貸せ」と成瀬が桜庭からトングを奪う。「俺が焼く」

「え？」

「こういうのは最大限うまみを引き立たせる焼き加減ってのがあるんだよ。お前らはいっさい、肉には手を触れるな」

「何それ、俺が持ってきたのに！」

「じゃ俺、野菜焼く！」と深澤が言い、「じゃ、私切る」と幸保が手を挙げた。

「え、高岡、野菜切れるの？」

驚く桜庭に、「ちょっと失礼すぎ！」と幸保はムッとする。

そんなみんなを見て美月が笑う。

私たちがここで出会ったのは、きっと単なる偶然なんかじゃない。
お互いがそれぞれの場所で、いろんな思いを経験し、選択してきたから今がある。
彼らとこうして、ここで働けるということは、
今までの選択はどれも間違ってなかったんだ。
そう母が教えてくれているような気がした――。

＊　＊　＊

勤務につく前に病室を訪れた深澤は、「ほら」と心美にドナーカードを渡した。半信半疑で受け取り、裏返すと家族の署名欄に『深澤新』と書かれている。

「え？……」

「よくさ、献血してくれる人っているだろ？　そのいただいた血液を輸血することで助かる患者さんが大勢いる。臓器って聞くとさ、なんかすげえ特別なもんな気がしちゃってたけど、人って普段からきっといろんなものをもらって生きてるんだよな」と桜庭からプレゼントされた恐竜を手に取って続ける。

「これでお前は堂々と胸を張っていればいい。だっていつか……誰かの命を救うかもしれないんだからな」

「うん……」と心美はうなずいた。「ありがとう」

「でも、もうすでに十分、役に立ってるけどな」

「え？」

「俺が頑張れるのは、心美がいるからなんだ」

「お兄ちゃん……」

「それに、それを使うときはこないぞ。だって、お前は必ずよくなるんだから！」

断言する深澤に、「そうだね」と心美は笑う。


スタッフステーションで準備をしている一同を見回して舞子が言った。

「なんか久しぶりですね。こうして五人そろうの」

そういえば、そうかも……と美月は皆の顔を見る。

すかさず幸保が深澤に言った。「深澤、休んでた分、ちゃんと働いてよ」

「いや、だから俺三日くらいしか休んでないから」

「その間に私たちは両腕筋肉痛」と美月が腕を抱える。

「それはごめん！」

「美月ちゃん、揉んであげようか？」

桜庭の軽口に、即座に深澤がツッコむ。

「お前は余計なことすんなよ！」

そんな四人の何げないやりとりに、なぜだか成瀬はホッとしてしまう。

そのとき、ホットラインが鳴った。すぐに美月が受話器をとる。

「はい。あさひ海浜病院救命救急センターです」

「その声は朝倉先生ですか!?」

救急隊員の星崎だ。

「平沢界隈で食事中に胸痛を訴え卒倒。胸部大動脈解離疑いの男性の収容依頼です！受け入れ先が見つからず、発症から二時間以上経過しています。意識レベル三〇〇。対光反射なし。一度ＶＦ（心室細動）になりワンサイクルで心拍再開しましたが、脈は触れません！」

幸保と深澤が顔を見合わせる。

「二時間って……」

「このままじゃ手遅れに……」

受話器を手にまごつく美月に、本郷は言った。

「朝倉、断れ」

「……え？」

「聞こえなかったか？　断れと言ってるんだ」

受話器を手に美月は立ち尽くした。

どうして……？

10

「お願いします！　助けてください！　朝倉先生！」

　スピーカーからは悲鳴のような星崎の声が聞こえてくる。

　断れという本郷の指示に、思わず美月はあらがう。

「でも、ここはどんな患者でも受け入れるのが理念じゃ――」

「冷静に考えろ。発症から二時間以上経過している。平沢界隈から運んでも四十分はかかる。ここに着くまでもたない」

　本郷の指摘に美月はハッとした。星崎の懇願が続く。

「朝倉先生！　患者さんは一度止まった心拍も再開しました！　生きようとしています！　どうかお願いします、受け入れてください！」

　美月は悔しさに唇を嚙みしめ、受話器を耳に当てた。

「受け入れはできません……」

「え……そんな……朝倉先生!?」

「緊急手術対応可能な近隣病院にもう一度頼み込んで、なんとしてでも処置してもらってください！　急いで！」

そう言うと、美月は受話器を戻した。

その場に重い空気が流れる。

「仕事に戻れ」と皆に告げて、本郷はスタッフステーションを出ていく。

受け入れを拒否してしまったことが頭から離れないのか、作業する美月の表情はいつまでもさえない。そんな美月を気づかうように、桜庭が言った。

「美月ちゃん、仕方ないよ。すべての患者を受け入れるって言ったって限界はあるんだからさ。元気出して」

「うちに運ばれてきた時点で手遅れじゃどうしようもないもんね」と幸保も重ねる。

「……わかってる」

「あ、俺が夜食で食べる予定だったマンゴープリン、特別にあげようか？　医局の冷蔵庫に入ってるよ！」

「いいからあんたはさっさと外来行ってきて」と幸保が手で追い払う。

「行きますよ、行きます」とムッとしながら桜庭が出ていく。

「あれから三十分か……さっきの患者さん、どうなったのかな。受け入れ先、見つかったのかな」

「あんたも余計なこと言わないの！」と幸保が深澤をにらみつける。

「ごめん……」

そのとき、ホットラインが鳴った。深澤を制し、美月が受話器を取る。

「はい。あさひ海浜病院救命救急センターです」

「二十代女性。高所転落による頭部外傷。フレイルチェスト（複数の肋骨が折れて正常な呼吸ができなくなった状態）、骨盤骨折疑い。意識レベル二桁。橈骨微弱です」

聞いているうちに美月の表情はどんどん曇っていく。

「それってもう……」

「うちの病院までもつのかよ……」

美月の気持ちを代弁するように幸保と深澤がつぶやく。

「ショックが進行しています！　なんとか受け入れをお願いできませんか⁉」

迷っている美月に横から本郷が口をはさんだ。

「搬送時間は？　十五分以内に運べるのか？」

美月は救急隊員に尋ねた。「十五分以内に運べますか？」

「はい、可能です」

「受け入れろ」

本郷の決断に、美月の目に光が戻る。受話器に向かって力強く言った。

「受け入れます」


救急入口で美月と深澤が救急車を待っている。時計を気にしながら、「ヤバいよ、まだかよ」と落ち着かない深澤とは対照的に、美月は腹をくくったかのように静かに待つ。

「絶対に助けるよ」

頼もしい、と思いながら深澤が美月を見たとき、遠くからサイレンが聞こえてきた。

救急車が到着したのはホットラインの十八分後だった。

ストレッチャーに乗った患者、生田麻友（いくたまゆ）を受け入れていると本郷がやってきて、ものすごい形相で救急隊員につかみかかった。

「どうして遅れた!?　十五分以内に運べと言っただろ！」

「申し訳ありません！」

美月は一瞬呆気にとられるが、すぐに現実に戻った。

「急ごう」と深澤をうながし、ストレッチャーを初療室に運んでいく。

処置台に移された麻友にエコー検査をして、本郷が即断する。

「オペ室に運んでいる時間はない！　ここで開胸、開腹する！」

美月がうなずき、「益田さん、緊急輸血の用意！」と舞子に指示する。

成瀬が補助換気しながら呼吸音を聞くと、思った以上に状態が悪い。

「高岡はレベルワンで輸血管理！　深澤はＲＥＢＯＡ入れろ！」

本郷の指示に、「はい！」とふたりが動く。

「挿管します」

成瀬を手伝い、美月も懸命に処置を施す。

肋骨骨折による呼吸困難の処置が最優先だが、頭部外傷も気になる。

本郷が手術を進めていると心電図の波形に変化が生じた。

「徐脈だ！　深澤、フルインフレートしろ！」

「はい！」

瞳孔をチェックした成瀬がつぶやく。

「ＣＴに行ける状態じゃないな……」

「だったらそこで穿頭しろ」

本郷のむちゃな指示に成瀬は驚く。

「早くしろ」

腹を決め、成瀬は新村に言った。

「ドリルを頼む」

「はい！」と新村が慌ててドリルを取りにいく。

美月が診ている箇所は、折れた肋骨に傷つけられて出血が激しい。

「肝後面から出血しています。どうすれば……」と本郷に指示を仰ぐ。

「上からパッキングして凝固が改善すれば可能性はある」

そうか……！

「はい！」

目の前で消えそうな命の灯をともし続けるために、五人は夢中で手を動かす。

「穿頭でアニソコリア（瞳孔不同）は改善しました」と成瀬が報告する。

「よし」と本郷がうなずく。

続いて出血面をパッキングしている美月に、「押さえすぎに気をつけろ」と注意をうながす。

同時にその目は深澤の動きもとらえている。

「深澤、そのまま術野を保て」

「わかりました！」

どうにか出血をコントロールすることができて、一同はひとまず安堵する。が、次の瞬間、心電図のアラームが鳴り響いた。

「VTか……」と本郷は顔をしかめる。すぐに気持ちを切り替え、決断した。

「開胸心マだ！」

美月が心臓まで胸を開き、深澤が除細動の用意をする。

「離れて！　除細動します！」

パドルが通電し、麻友の身体がびくんと跳ねる。すかさず美月が直接心臓に触れ、マッサージしていく。

「お願い……戻って……」

しかし、VTからVFに移行し、継続したままだ。

除細動と心臓マッサージをくり返すが、麻友の心拍は戻らない。

そこに家族と連絡をとっていた舞子が戻ってきた。

「生田さんのお母さん、到着までまだ一時間以上かかるそうです！」

「一時間……」と深澤は絶望的な表情になる。

「戻って……！」

美月はあきらめずに手を動かし続けている。

本郷は成瀬に視線を移すと、言った。

「成瀬、もういい」

「……はい」

成瀬が頭の創を縫合し終えても、美月はまだ心臓マッサージを続けている。幸保は時計を確認して一同に告げる。

「心停止後三十分経過しました」

しかし、美月はマッサージをやめようとはしない。そんな美月を、成瀬、深澤、幸保がつらそうに見つめる。

「朝倉、もうやめろ。可能性はない」

だが、本郷を無視するように、美月は続ける。

「やめろと言ってるんだ！」

怒声が初療室に響き、ようやく美月は手を止めた。

「……」

成瀬がペンライトで瞳孔を照らし、死亡を確認。本郷とふたりで手を合わせる。

「ご家族が来る前にきれいに縫合を済ませろ」

美月たちに指示すると、本郷は初療室を出ていった。

「……」

スタッフステーションで麻友の死亡診断書を書きながら、成瀬はふと初療室に目を向けた。深澤と幸保の補助を受けながら、美月が麻友の身体を縫合している。

その手がふいに止まった。

「朝倉?……」

「……ごめん」

器具を置くと、美月は初療室を出ていってしまった。


デスクで天井を見上げて、美月がこぼれそうになる涙を必死にこらえている。そこに幸保が戻ってきた。

「終わったよ」

「……ありがとう」

現場に戻ろうと美月は席を立つ。しかし、歩きだそうとしたところで、その足がふいに止まる。

あふれる涙がぽたぽたと床に落ちていく。

歯を食いしばり、身を震わせる美月の肩に手を回し、幸保はやさしく抱きしめた。

友の胸のなかで、美月は静かに泣きつづける。


どんな患者も受け入れる。

そのために私たちはここにいる。

でも実際は……受け入れられない命もある。

受け入れたところで、救えない命もある。

理想はしょせん、夢物語なんだろうか。

＊＊＊

私服に着替えた本郷が院長室に入ると応接ソファに麗子の姿があった。会釈をし、「お呼びでしょうか?」と八雲のほうへと顔を向ける。

「仕事終わりに呼び出して悪いね。桜庭会長が我々に話があるそうだ」

「どうも。相変わらず気取ったスーツね。さすがニューヨーー――」

「手短にお願いできますか」と即座に麗子の嫌みをさえぎる。「今朝は早く帰って休みたいもので」

一瞬ムッとしたが、すぐに麗子は表情を戻す。テーブルの上のファイルを手にして言った。「今月のナイト・ドクター制度の経過報告書を拝読しました」

すかさず八雲が口を開く。「ご覧いただいたとおりナイト・ドクター制度を採用してからというもの夜間の受け入れ件数はかなり増えました。当直がなくなったことで、あさひ海浜病院で働きたいと希望する昼間の医師の人数も格段に増え、これはまさに大きな成果と言えるでしょう!」

麗子は見ていた報告書を置くと、言った。

「ですが、いっぽうで救命救急センターの収益は相変わらず赤字が続いていますね」

痛いところをつかれて、八雲の顔から笑みが消える。

「夜働く人材を雇う分、人件費がかかります。問題を抱えている患者も多く、医療費を回収できない場合も多い。現在のナイト・ドクター制度は経営面からいうと納得できない点が多く見られます。これらの現状を踏まえ、先日ナイト・ドクター制度の今後の方針について理事会で話し合いを行いました」

何も聞かされていなかった八雲は、「え?」と驚く。

不敵な笑みを浮かべ、麗子は続ける。

「本日は、その際決定した方針についてお伝えします」

本郷はその決定を静かに待つ。

「なんかやる気起きないな……」

「同じく……」

リビングでくつろぐ幸保と桜庭に、キッチンから深澤の声が飛ぶ。

「なんでお前らは俺の部屋で、ぐうたらしてんだよ!」

だるそうに振り向いて、幸保が応える。

「だって気分の晴れない日の朝は、おいしい朝ごはん食べるにかぎるでしょ?」

「そうそう」と桜庭も強くうなずく。「深澤の作るごはん、超うまいんだもん!」

「ねー」

「俺はお前らの寮母さんじゃねえ!」

そう言いつつも料理は好きなので、結局、腕によりをかけてとっておきの朝食をごちそうする深澤だった。

「でもさ、本郷先生はどうしてその患者さん、受け入れたんだろうね」

食後のコーヒーを飲みながら、桜庭が話題を戻した。朝ごはんを食べながら、幸保と深澤が昨夜の出来事を話してくれたのだ。

「だって運ばれてきたときには、もうかなり厳しい状態だったわけでしょ？」

少し考えて幸保が答える。「受け入れ要請があった時点では助かるかどうか五分五分で、賭けに出たんじゃないかな。でも予定より搬送が遅れて……」

「本郷先生がブチ切れた」と桜庭が確認する。

幸保は現場にいた深澤に尋ねた。「すごい剣幕だったんでしょ？」

「ああ」とうなずき、深澤は言った。「朝倉……きっとショックだったよな」

「え？」

「今までさんざん、どんな患者でも受け入れることにこだわってきたのに、昨日はそれもできなくて……せっかく受け入れた患者さんも亡くなって……」

「それは私たちも同じ」と幸保が返す。「深澤だってそうでしょ？」

「もちろん、理想はしょせん理想で、どんな患者も受け入れるなんて実際には無理だってわかってるけど……やっぱり悔しいよな。助けを必要としている人を救えなかったっていうのはさ」

幸保も桜庭も黙り込んでしまう。それは三人に共通の思いだった。


その夜は大型の台風が接近しつつあった。

さっそく強風で飛ばされた看板の下敷きになった二人の負傷者が搬送されてきた。頭部外傷の四十代男性と左下腿骨折の五十代男性。

美月はオフなので、幸保が四十代男性の手術をする成瀬のサポートに入る。深澤は本郷から五十代男性の処置を任されていた。

いっぽう桜庭は救急外来の診察室で、腕に擦り傷を負った六歳の男児、山内光太(やまうちこうた)の手当てをしていた。

「ママは?」

「ママはね、自転車で転んだときに骨が折れちゃったかもしれなくて、今、検査に行ってるんだ。だから先生と少しだけここで待ってようね」

「ヤダ!」と光太は首を振る。

「え?」

「女の先生がいい」

なかなかにマセた子だな……。

桜庭が苦笑したとき、窓の外が閃光が走った。一瞬おいて、ゴロゴロゴロと大きな雷が鳴り響く。光太はビクッと桜庭の白衣をつかむ。

桜庭はニコッと微笑み、「大丈夫、大丈夫」と光太の頭を撫でた。

つけっぱなしのテレビから流れる台風情報を美月がぼんやりと眺めている。

今夜の救命はかなり荒れそうだ。

ふと窓のほうに視線を移動させたとき、ピカッと稲妻が光り、雷鳴がとどろいた。と思ったら、明かりもテレビも消え、部屋は真っ暗になった。

「え?……」


ふいに訪れた暗闇に、「キャー」という看護師たちの悲鳴が響く。

「落ち着け、停電だ!」と本郷の鋭い声が飛ぶ。

「懐中電灯! 懐中電灯!」

舞子は初療室をあたふた駆け回り、深澤は医療機器が告げるエラーメッセージを前にあ然とする。

「マジかよ……」

いっぽう手術の真っ最中だった成瀬と幸保は、無影灯と医療機器類以外の明かりが突然消えたので顔を見合わせる。

「停電!?」

「騒ぐな。すぐ自家発電に切り替わる。続けるぞ」

「……了解」

初療室は暗いままだ。一同に懐中電灯を配りながら、舞子が本郷をうかがう。「一分経ったのに自家発電に切り替わりません。どうなっているんでしょう!?」

「警備に確認してくれ。それと患者と医療機器の確認も頼む。こっちは手が離せない」

「わかりました!」

「深澤、お前もそっちを手伝え」

「わかりました」と深澤は舞子のあとを追った。

スタッフステーションに戻った舞子は看護師たちを集め、停電時対処マニュアルを手に説明を始める。

「まずは人工呼吸器とシリンジポンプがちゃんと作動しているかを確認すること。生命維持装置は必ず無停電電源コンセントにつながってるか見て回って」

「はい!」

聞き慣れない名称に、「無停電コンセント?」と深澤が尋ねる。

「これ!」と舞子が資料の図を懐中電灯で照らす。「緑電源!」

「ああ!」と深澤はうなずく。緑色のコンセントだ。

病院のコンセントは白(商用電源)、赤(非常電源)、緑(無停電電源)の三種類に色分けされていて、それぞれにつなぐ器具が決められているのだ。

「緑電源なら停電時でも数時間は送電される」

「なるほど……」

「深澤先生はＩＣＵを見て回って」

「はい!」


懐中電灯のわずかな明かりで本郷はどうにか患者の処置を終えた。

「よし……ＩＣＵに運んでくれ」

「わかりました」と新村が処置台を運んでいく。そこに深澤が戻ってきた。

「ＩＣＵ、ＨＣＵの患者、ともに問題ありませんでした」

「わかった」

そのとき、初療室に明かりがともった。

「ついた……」

「ようやく自家発電に切り替わったか」

「もうこれで安心ですね」

安堵する深澤に、本郷はあきれたような目を向ける。

「何を言ってる？　闘いはこれからだ」

「え？」

「うちの自家発電の燃料はもって三日。いつ復旧するかわからない以上、極力電力を節約する必要がある。待機電力を減らすため、医局やスタッフステーションで使用していない電化製品はすべてコンセントから抜け」

「はい！」

行こうとする深澤に本郷はさらに告げる。

「それが終わったら、病棟の廊下、トイレ、階段、使用していない場所の明かりはすべて消し、節電するように」

「……俺が全部回るんですか？」

「頼んだぞ、節電部長」

なんだその肩書は……。

「ああ、それからエレベーターは使用禁止だ」

「!?……」

「何が節電部長だよ！　ただのパシリだろ……」

息をきらしながら階段を駆け上がっていると、スピーカーから本郷の声が聞こえてきた。

『救命救急センターより緊急放送。ただいま停電が発生いたしました。職員が安否確認を行っています。具合の悪くなった患者さんはすぐに知らせてください。現在は自家発電に切り替わっていますが、電力には限りがあります。テレビや冷蔵庫の電源を切り、患者の皆さまも節電にご協力ください』

桜庭は診療室で光太とともにその放送を聞いていた。

「ママは？」

「もうすぐ戻ってくるよ」

不安そうな光太を見て、桜庭は腕に貼ったカテリーパッドに絵を描きはじめた。

「できた！」

大判の絆創膏が戦隊の変身アイテム風のボタンに早変わりしている。

「ここを押すとね、ナイトレンジャーに変身できるんだよ」

「ナイトレンジャー!?」

「悪さをする敵を倒す、正義の味方」

光太はじっと絵を見て、つぶやいた。

「……ダサ」

がっくりと肩を落とし、桜庭は窓のほうを見た。激しく打ちつける雨とゴオゴオとうなる風が窓を震わせている。


スタッフステーションに戻った幸保が、手術は無事終了したことを本郷に告げる。

「わかった」とうなずくと、本郷はふたたびパソコンに向かう。EMIS（広域災害救急医療情報システム）にあさひ海浜病院の稼働状況を入力しているのだ。

そのとき、ホットラインが鳴った。すぐに幸保が受話器を取る。

「自宅で人工呼吸器を使用している七十代男性の受け入れ要請です。自宅が停電になり、吸引機が使えなくなって痰詰まりを起こしたそうです」

「受け入れろ」

本郷の指示に従い、幸保は受諾した。

「不安だろうな」

「え？」と受話器を置いた幸保が振り向く。

「今も真っ暗なままの自宅や小さな病院で、電気を使った医療機器が命綱となっている人たちは眠れない夜を過ごしているはずだ」

今まさにナイト・ドクターとして、自分たちの存在意義が問われているのだと幸保はあらためて肝に銘じる。

そこに疲労困憊の体で深澤が戻ってきた。

「節電、すべて完了しました……」

「よくやった。次にこのリストにある機器の電源をすべて落としてきてくれ」と本郷は熟考の末に作成した「節電可」の医療機器のリストを深澤に渡す。

「まだあるんですか……」と深澤はおそるおそるリストを見る。ちょっと見では何に使っているのかわからないむずかしい名称の機器が並んでいる。

「……これ全部?」

「頼んだぞ、節電部長」

助けを求めるように深澤は幸保へと視線を移す。幸保はあからさまに目をそらすと、

「受け入れ準備!　受け入れ準備!」と逃げるように去っていった。

「クソ……」

ほどなくして在宅用人工呼吸器をつけた患者が搬送されてきた。処置をしながら幸保

が本郷に尋ねる。

「肺炎を起こしている可能性があります。CT撮りますか?」

「ダメだ。CTもMRIも復旧にはまだ時間がかかる」

「え……じゃあ何も検査できないってことですか?」

「どうする?」と試すように本郷が幸保を見る。

「どうするって……」

幸保は蓄積した知識のなかから肺炎の診断方法を検索していく。やがて、答えにたどり着いた。「肺エコーでBラインを確認します」

正解だとばかりに、本郷はうなずく。「やってみろ」

「はい!」

＊　＊　＊

日付が変わり、慣れない停電時の作業にスタッフの疲労もピークに達している。

「節電、今度こそ完了しました……」とヘロヘロになった深澤がスタッフステーションに戻ってきた。

初療室で処置を続けていた幸保も疲れ果てている。

「人工呼吸器の患者さんの処置、無事に終わりました」

リーダーシップをとりながら看護師チームをまとめ上げた舞子は、疲れた表情を見せることなく本郷に報告する。

「病棟もすべて回り、患者の安否確認とれました。点滴ポンプや吸引など手動にできるものはすべて切り替え、各フロアの看護師にも巡回を徹底するよう指示出してあります」

「さすがベテラン看護師は違うな」

「おかげで足はつりそうです」と舞子は苦笑する。

ベッド情報を確認しながら成瀬が言った。

「もうすでにICUもHCUも満床ですね」

本郷の表情にわずかに陰が差したとき、デスクの上の電話が鳴った。

「こんな時間に電話？」と深澤が思わずつぶやく。

電話に出た幸保は、「少々お待ちください」といったん保留にして本郷に顔を向けた。

「森本病院からの受け入れ要請です。院内が停電になって、医療機器を使えず困っている患者さんがいるみたいで……」

「人数は？」

幸保は人数を尋ながら復唱していく。「人工心肺の患者一名、人工呼吸器の患者三名、呼吸器プラスCRRTの患者一名、計五名の受け入れを……」

「五名……」と深澤の表情が険しくなる。

「無理ですよ！　人手が足りません！」

「ベッドはもう満床です！」

舞子と新村が悲鳴のように叫ぶ。

考え込む深澤、幸保、成瀬を見回すと、本郷は言った。

「どうするかはお前たちが決めろ」

「！……」

「今抱えている患者の状況、稼働可能な機器の数、自分たちの能力、すべてを考慮したうえで判断しろ」

疲労困憊の看護師たちの声を代弁するように舞子が言う。

「お願いします……断ってください！」

ふとホットラインの電話が深澤の目に入り、悔しそうに受け入れを断ったときの美月の姿が脳裏によみがえる。

深澤は拳を強く握りしめ、自分自身に覚悟を問う。

俺たちは……ナイト・ドクターだ……！

そして、ゆっくりと口を開いた。

「自分は……受け入れたいです」

幸保が思わず深澤の顔を見る。

「どんな患者も受け入れるのが、この病院の……僕たちの理念だと思うので」

幸保も自分の胸で泣いていた美月の姿を思い出す。

「私も……受け入れたいです」

どうして？……と舞子は信じられないという表情を浮かべる。

「満床なんですよ!?」と新村も叫ぶ。「どうするっていうんですか!?」

成瀬はＥＭＩＳで情報を確認して言った。

「自家発電を備えた周辺の病院はどこも満床。うちが受け入れを断れば、その患者五名は全員死ぬかもしれない」

看護師たちはハッとした。

成瀬は本郷に向き直ると、「自分も受け入れる以外に選択肢はないと思います。そのうえで、どうしたら受け入れられるかを考えたいです」と言う。

「……わかった。俺はお前たちの判断に従う」

「そんな……」と舞子がつぶやく。

幸保は意を決して保留中の受話器を取った。

「全員受け入れます。運んでください」

看護師たちは不安そうに成瀬ら医師を見つめる。

そんな彼女たちに深澤が声をかけようとしたとき、ホットラインが鳴った。

スタッフステーションの空気が一気に張りつめる。

成瀬が応答し、スピーカーから救急隊員の声が流れる。

「水原クリニックより受け入れ要請です。停電により空調が切れ、熱発して状態の悪い透析患者が十名います。このままでは危険です！　そちらで受け入れをお願いできないでしょうか!?」

「十名!?　無理ですって！」

「受け入れましょう」

その声が、舞子の悲鳴をさえぎった。

皆が一斉に振り向くと、そこにはスクラブ姿の美月が立っていた。

「朝倉……」

あ然とする深澤の隣で、幸保は美月に笑顔を向ける。成瀬もふっと微笑んだ。

美月は看護師たちを見回しながら、言った。

「皆さん、力を貸してください」

人を救いたいという思いを美月が誰よりも強く持っていることは、ここで働いていれば嫌でもわかる。

そして、その思いは私たちだって同じだ。

看護師たちと医師たちの気持ちが一つにつながる。

成瀬は救急隊員に言った。

「受け入れます。運んでください」

一気にスイッチが入ったスタッフに、すかさず美月が声をかける。

「ベッドをなるべく寄せてスペースを確保しましょう！　それからストレッチャーと追加のベッドの用意。透析患者さんのためのＣＨＤＦも準備お願いします！」

「延長コードに３Ｐ対応のコンセントの準備も忘れるな」と本郷が付け足す。「今夜はまだまだ患者が来る。用意できるものはすべてかき集めてこい！」

「はい！」

みんなは一斉に動きはじめる。

作業にかかる美月に、本郷が声をかけた。

「今夜は休みじゃなかったのか？」

「代休ならちゃんといただきます。こういう夜のためにナイト・ドクターはいるはずですから」

自分と想いを一つにする頼もしい答えに、本郷はふっと微笑んだ。


治療を終えた母親が診療室に戻り、「ママー」と光太が抱きつく。

「ごめんね。雷、怖かったでしょ？」

「ううん。全然平気！」と光太は笑ってみせる。

「え、本当に？」

「だって、ほら！」と光太は桜庭が絵を描いた絆創膏を見せる。「ここを押すとね、ナイトレンジャーになれるんだって」

「そうなの？」

「ママのことは僕が守る！」

「よろしくお願いね」と母親はうれしそうに笑った。

「じゃあ帰ろっか」

「うん！」

「先生、ありがとうございました」と母親が桜庭に頭を下げる。

「いえ、お大事に」

光太は桜庭にこっそりピースサインをして、診療室を出ていった。

無事に送り出すことができて、桜庭の顔に安堵の笑みが浮かぶ。


医療機器とともに搬送されてきた大勢の患者を前に、美月たちは大わらわだ。

「作業効率を優先して医療機器に応じて区画整理しましょう！　人工心肺と人工呼吸器、ＣＲＲＴの患者さんはＩＣＵへ。モニタリングが必要な方はＨＣＵ、その他は一般病棟に運んで」

「病室は満床です」と看護師のひとりが美月に告げる。

「え？」

すかさず深澤が、

「二階の廊下は？」

「たしかにあそこなら使える。深澤、お願い！」

「わかった！」

初療室から駆けだす深澤と入れ違うように、星崎が酸素ボンベをつけた患者を運び込んできた。

「星崎さん……」

「在宅酸素療法中の四十代男性。停電により酸素濃縮器が使えなくなりました」

「わかりました」

舞子に指示し、一般病棟に運んでもらう。

「朝倉先生」と星崎は言いづらそうに美月に声をかける。「昨夜はその……無理なお願いをしてしまい、申し訳ありませんでした。あの距離じゃ運んだところで助からないことは明らかだったのに、気が動転して冷静さを欠いてしまって……」

「いえ……。あのあと……患者さんは？」

「……亡くなりました」

「！……」

「病院に着いた頃には心肺停止状態で。瞳孔も散大していて、手の施しようがなくて……。近くで搬送先を見つけられなかった自分の責任です」

美月がかける言葉を探していると、「話はあとだ」と本郷が割って入った。

「君の上司に確認してくれ。もし手が空いてるなら頼みたいことがある」

「え？」

「なぎさ総合病院で待ってる患者たちがいる。うちまで搬送してほしい」

「！……わかりました！　すぐに確認します！」

駆けだす星崎を見送ると、美月も気合いを入れ直す。

さあ、夜はこれからだ！


久しぶりの手書きカルテに腕が疲れてきた。電子カルテの便利さをあらためて実感していると、「桜庭」と幸保が診察室に顔を出す。

「どうしたの？」

「手あいてるなら、こっち手伝って！」

「？」

幸保に連れていかれたのは一般病棟の二階の廊下だった。

「うわ……」と思わず桜庭は声を漏らす。透析患者のベッドが所狭しと並んでいるのだ。

「私はＨＣＵに回るから、ここよろしくね！」と幸保は去っていく。

新たな患者を運び込んできた深澤が看護師に告げる。

「熱中症の透析患者です。ＣＨＤＦの必要な場合はこっちサイドに！　必要のない場合はあっちに！」

床に張り巡らされた延長コードの電源に、看護師が機器のプラグをつないでいく。桜庭も作業に加わった。

「大丈夫ですか?」と患者に声をかけ、看護師に指示する。

「腎機能のチェックをします。血液検査の準備をお願いします」

「はい!」

次々とやってくる患者たちによって、ついにICUにもHCUにも受け入れスペースがなくなった。医療機器のストックも底をつき、万事休すといった状態だ。

さあ、どうする……?

美月が思案していると本郷がやってきた。

「新たに受け入れ場所を確保したい。手を貸してくれ」

本郷が美月を連れてきたのは正面ロビーだった。

たしかにここなら待合ベンチを移動させれば広大なスペースが生まれる。

美月は皆と協力し、ロビーを様変わりさせていく。

「まさかロビーまで使うとはね……」

姿を現しつつある簡易病棟に、幸保が感嘆の声をあげる。

「新たに計十五名を受け入れる」

意気盛んな美月に、「え!?　今からまた十五人!?」と桜庭は思わず仰天する。

「すごい執念だな」と成瀬があきれたように言った。「受け入れるのはいいが電力には限りがある。本当にこの人数をカバーできるのか？」

その懸念は美月も抱いていた。それでもわずかでも救える可能性があるなら、行き場をなくした患者を受け入れることが先決だ。

そのとき、作業着姿の男たちが正面入り口から入ってきた。車寄せに停めたトラックからケーブルを引きはじめる。彼らを先導しているのは星崎だった。

「星崎さん……？」

美月に気づくと、星崎は言った。

「本郷先生に頼まれた患者さん、無事搬送終わりましたよ」

「あの……これは？」

「電源車です。本郷先生に用意するよう頼まれて」

「電源車!?」と桜庭が目を丸くして外の車両を見た。荷室に積まれた発電機から十数本のケーブルが伸びている。

「これでだいぶもつようになるな」と成瀬は安堵した。

「ありがとうございます。星崎さん」

「いえ。自分にできるのはこれくらいなので……」

「……あの、昨夜の患者さんのことですが」と美月は切り出した。

「え？」

「ひとりで責任を背負い込まないでください。やりきれない気持ちでいるのは、私も同じです……」

「朝倉先生……」

そこに本郷がやってきた。皆の作業を手伝いながら、話しはじめる。

「その悔しさを忘れるな」

美月が本郷に顔を向ける。成瀬、深澤、桜庭、幸保もそれぞれ本郷の話に耳をかたむけている。

「あの患者の受け入れを断った一件目の病院は、その日の当直が研修医で対応できるだけの技術がなかった」

「！」

「二件目の病院は担当医師がひとりで、ほかの患者のオペ中だった。三件目は若い内科の医師が当直だった。もしいちばん近い病院にお前たちのようなナイト・ドクターチームがいれば、あの患者は助かっていたかもしれない」

「……」

「一分一秒が勝負の命を扱う現場で俺が目指すのは、いつどこで誰が倒れても患者を受け入れ、救うことのできる医療体制だ。そのためのナイト・ドクターを、どこの病院にもいて当たり前のものにしたい」

「本郷先生……」

「患者を救えず悔しい思いをしたのなら、その分なんとしてもお前たちがナイト・ドクターとしての成功例となれ」

「！」

「それが亡くなった患者たちに俺たちのできる、唯一の弔いだ」

美月のなかに熱いものが込み上げてくる。

それはほかの四人も同様だった。

ロビーでの受け入れ準備を整え、美月と深澤がスタッフステーションへと戻る。

「五分後、八代病院からの患者さんたち到着されるそうです」

「わかりました」と美月が舞子に応えたとき、ホットラインが鳴った。

深澤が受話器を取って応答する。

「二十代女性、在宅医療で人工呼吸器を使用している患者さんの受け入れ要請です。停電後、受け入れ先が見つからず、外部バッテリーが切れかかっているそうです。なんとか受け入れをお願いできませんか!?」

「無理です!」と舞子が深澤に言った。「もう人工呼吸器は全部出払っています!」

「え……」

スピーカーからは救急隊員の切迫した声が聞こえてくる。「お願いします! 自家発電を完備した病院でまだ受け入れ可能なところは、こちらしかないんです!」

「どうしたら……」

美月は頭をフル回転させる。ふと処置台に置きっぱなしなっているジャクソンリース(手で換気補助を行う器具)が目に入った。

「バギング(用手換気)……」

「え?」

「ジャクソンリースを使えば!」

「それって……電気が復旧するまでずっと手動で酸素を送り続けるってことか?」

「そうすれば受け入れられる」

ウソだろ……。

そこに本郷がやってきた。深澤が指示を仰ぐように視線を向ける。

「判断はお前たちに任せる」

「!……」

美月が強い視線で深澤を見つめる。

わかったよ……やるよ!

深澤は受話器に向かって力強く言った。

「受け入れます」

美月の顔から笑みがこぼれた。

＊　＊　＊

昨夜の狂騒などつゆ知らず、のんきにあくびをしながら嘉島が出勤してきた。正面入口からロビーに入ると、目の前の光景に立ち尽くす。

簡易ベッドやストレッチャーが所狭しと並び、まるで被災地の救護所のようだ。少し違うのは、どの患者も医療機器につながれ、床に張り巡らされた延長コード上の電源から電力の供給を受けていることだ。

「なんなんだ、これは……」

そこに根岸も出勤してきた。嘉島と同様に絶句する。

「嘉島先生、これは一体……」

近くにいた患者が嘉島の身なりを見て、「こちらの先生ですか?」と話しかけてきた。

「ええ、まあ……」

「昨夜はありがとうございました」

「え?……」

「こうして受け入れてくれた病院があって、本当に助かりました。ありがとうございました」

丁寧に頭を下げられて嘉島は戸惑う。

昼間スタッフとともにスクラブに着替えた嘉島がスタッフステーションにやってきた。

初療室は多くの患者であふれ、ナイト・ドクターの面々が精力的に動いている。

美月は自発呼吸のできない患者に、ジャクソンリースを使って手動で酸素を送り続けている。

「美月ちゃん、そろそろ代わるよ」と桜庭が声をかけた。

「ありがとう」

桜庭と交代し、美月はほかの患者のケアに回る。

そんな光景を嘉島が驚きの表情で見つめている。

「おはようございます。引き継ぎの時間ですね」

本郷が嘉島に声をかけ、美月たちもその存在に気がついた。

「おはようございます」

「なんなんだ、これは。お前たち……」

カミナリが落ちる前に、「すみません！」と慌てて深澤がさえぎる。

「患者さん多いんで、僕たちもこのまま手伝います……」

「電気が復旧するまでは私たちも残ります」と美月も言う。

「なめるなよ」

「え？」

「昼間の医者をなめるな！　これくらい、お前らなんぞの手を借りずとも十分対応できる！　今日の夜もここには変わらず患者はやってくる。夜間専門のお前たちは、さっさと帰って休みやがれ！」

柄にもない嘉島のタンカに、思わず美月たちは笑ってしまう。

「はい」


受け入れたところで、救えない命はある。

でもその悔しさの分だけ、また救える命がある。

どんな患者も受け入れる。

その小さな日々の積み重ねで、日本の救急医療の未来は変わってゆく。

私たちはその未来に、また少し近づけたと五人の誰もが思っていた。

思っていたのに――。


「嘉島のやつ、結局雑用は全部私たちに押しつけて」

「せっかく電気が復旧したっていうのに、最悪な気分だよ」

幸保と桜庭が苛立ちながらデスクで作業をしている。昼間の医師たちは事務作業をすべてやり残したまま帰ってしまったのだ。

「早く手を動かせ」とグチが止まらないふたりを成瀬がうながす。「いつまでも終わらないだろ」

「停電時に受け入れた患者のリスト、カルテの記載、元いた病院への診療情報提供書の作成、使った医療機器の詳細、診療材料の補充リスト……まだまだ仕事は残ってる」

美月の指摘に深澤はうんざりしてしまう。

「今夜中に終わるのかよ……」

そこに本郷がやってきた。

「少し手を止めてくれ。お前たちに話がある」

五人は本郷の前に集まった。

「柏桜会グループの桜庭会長から報告を受けた」

「?」

「あさひ海浜病院のナイト・ドクターチームは、今月をもって解散することに決まった」

衝撃の事実を、本郷はあっさりと口にする。

一拍おいて、美月が叫ぶ。

「解散!?」

私たち五人に、別れの時が迫っていた――。

11

「解散」――その言葉を聞いて、美月たちは立ち尽くす。

そんな一同に、本郷は淡々と告げた。

「理事会でそう決まった。これは決定事項だ」

絶句する美月に代わって幸保と深澤が食い下がる。

「本郷先生はそれでいいんですか？」

「そうですよ……この前は俺たちに成功例になれって！」

美月はじっと本郷を見る。

本郷はゆっくりと口を開いた。

「俺は……この解散を心から喜んでいる」

「え？」と美月は思わず尋ねる。「どういうことですか？」

答えは、美月たちの想像とはまるで異なるものだった――。

突然告げられた「解散」という現実。

私たちは心の整理もつかないままに、その日もただ、現場に向かった。
その夜はまるで、これからの私たちの行く末を暗示するかのように、
長くて孤独な暗闇に包まれていた。

＊　＊　＊

美月は鉄道会社の車両基地での事故、深澤はゴミ処理場での事故、幸保はオフィスビルのエスカレーター点検作業中の事故——その日、ほぼ同時に起こった事故現場に、誰を出動させるかを決めたのは本郷だ。

なぜ自分が残されたのかが解せない成瀬が尋ねる。

「どうして三人を現場に行かせたんですか？」

「今夜はお前にここの指揮を任せたい」

「は？」

「五人で過ごせるのも残りわずかだ。頼んだぞ」

そう言い残すと、本郷はスタッフステーションを出ていった。

「……」

星崎に続き、美月が現場へと向かう。整然と電車が並ぶなか、歩きづらい砕石の上で急ぎ足の星崎が情報を伝える。

「負傷者は永見直人さん、四十八歳。点検作業中に操作トラブルが起き、車両の突起部分に左胸部を圧迫され、身動きがとれない状態です。現場の安全は確認とれてますが、救出にかなり時間がかかりそうです」

事故車両の前に到着すると、オレンジ色の制服姿のレスキュー隊員たちが車両を押し上げる作業をしていた。

「この下です」

星崎にうなずき、美月は車両の下を覗き込む。レスキュー隊のライトに照らされた狭い空間のなか、右側を下に横向きで倒れている作業着姿の男性が見える。

「永見さん!?　聞こえますか!?　永見さん!?」

しかし、永見からの反応はなく、突起物に隠れてその表情もうかがえない。

「いくら呼びかけても反応がなくて」と背後から星崎が不安そうに言う。「かなりまずい状態なんじゃ……」

美月は必死に手を伸ばして永見の右手に触れて脈を測る。ふと握られた拳のなかに何かがあることに気がついた。

「失礼しますね」と拳を開くと、イヤホンが出てきた。

「ワイヤレスイヤホン？」

どうしてこんなものを……。

美月はそれをポケットにしまい、永見の右手を握った。

「永見さん！　聞こえますか⁉　聞こえたら手を握り返してください！」

次の瞬間、美月は手にかすかな力を感じた。

「まだ反応がある……」

作業が進み、わずかだが車両が上がっていく。広がった空間に美月が身体をねじ込んでいくのを見て、星崎は驚いた。

「何してるんですか⁉」

「まずは容体を確かめないと」

そう言って、美月は車両の下へと潜っていく。

「負傷者は従業員の鳥山公輝（とりやまこうき）さん、二十三歳。故障したプレス機に右下肢を巻き込まれ、動かせる状態にありません」

救急隊員の報告を聞きながら、深澤と舞子がゴミ処理場内を進んでいく。

「あそこです！」と救急隊員は巨大なプレス機の前にふたりを連れていく。

グレーの作業着姿の若者が右下肢をはさまれ、苦悶の表情を浮かべている。患部からあふれ出る大量の血が、コンクリートの床を赤黒く染めている。

思わずあとずさる深澤を、鳥山の同僚たちが取り囲む。

「先生！　早く鳥山のやつを助けてやってください！　お願いします！」と気のやさしそうな作業員、足立が懇願し、派手な金髪の作業員、押田は「てめえ、鳥山殺したらマジで許さねえからな！　ぜってえに助けろよ！」と恫喝まがいに迫ってくる。

「ぜ、全力を尽くします」と応じて、深澤は鳥山の容体を診る。

「右下肢が不全断裂してる……益田さんＣＡＴ（止血帯）を！」

「はい！」

激痛にうめきながら、鳥山はすがるように深澤を見た。

「先生……俺、死にたくねえよ……」

「鳥山さん……」

「まだまだあいつらと……やりたいことがあるんだよ」

心配そうに見守る同僚たちのほうへチラリと目をやり、「わかりました」と深澤は鳥山に強くうなずく。「頑張りましょう」

止血帯を固定したとき、舞子が叫んだ。

「先生、脈の触れ弱いです！」

鳥山は意識を失いかけている。

「鳥山さん!?　しっかりしてください！　鳥山さん!?」

見守る同僚たちが騒然となる。

「先生！　鳥山は大丈夫なんだよな!?」

「助けてくださいよ！」

周りの声に焦って、パニックになりかける自分自身に深澤は声をかける。

落ち着け……落ち着け……。


就業時間を終え、がらんとしたオフィスビルのロビーに幸保と看護師、救急隊員の靴音が響く。三人が向かうのはエレベーターホールの手前のエスカレーターだ。

「状況は？」

幸保の問いに救急隊員が答える。「エスカレーターの点検作業中に作業員、栗山珠美(くりやまたまみ)さんが転落し、全身を強く打ったようです。今、救出作業を……」

エスカレーターの点検口の周りを、レスキュー隊員たちが囲んで作業している。幸保たちの姿に気づくと、場所をあける。

幸保が点検口を覗き込むと、大人の背丈ほどの深さの穴の底に三十半ばくらいの女性作業員が倒れている。

すぐに身を引いて、救助が終わるのを待つ。やがて、バックボードに固定された珠美が点検口から引き上げられた。

機械油で黒く汚れた作業着を急いで脱がせると、「栗山さん、わかりますか？　栗山さん？」と声をかけながら、幸保が容体を確認する。

朦朧とした意識のなか、珠美がうっすらと目を開けた。

「……今、何時ですか？」

「え？」

「朝までにメンテナンスを終えないと……皆さんにご迷惑が」

こんな状態になりながら仕事のことを考える珠美に、どこかの仕事バカの顔が重なる。

幸保は珠美に微笑みかけた。

「まずはしっかり治療しましょう」

次の瞬間、スーッと珠美の意識が遠のいていく。

「栗山さん!?　栗山さん!?」

慌てて胸部を触診し、聴診器を当てる。

「右胸郭に礫音と皮下気腫……右の呼吸音も弱い。肺裂傷……」

幸保のつぶやきが聞こえ、救急隊員の表情が険しくなる。

「病院に運んでいる時間はありません。ここで胸腔ドレーンを挿入します！」

「はい！」と看護師が応える。

幸保は直ちに処置にとりかかった。


その頃病院では、桜庭が麗子と連絡がとれずに苛立っていた。理事会がなぜあんな決定を下したのか直接問いただしたかったのだ。

「クソッ、なんなんだよ」

つながらないスマホをポケットにしまい込むと、患者リストを手に歩きだす。

と、トイレのほうからうめき声のようなものが聞こえてきた。すぐさま桜庭は声がした男子トイレに飛び込む。洗面台の前に入院着姿の初老の男性が倒れていた。

「大丈夫ですか!?」と桜庭が駆け寄り、容体を確認。緊急性が高いと判断し、スマホを取り出した。

「新村君!?　胸痛の患者さんが五階の男子トイレに！　すぐにストレッチャーを！」


ナイト・ドクターたちがそれぞれの現場で救命活動に必死になっているとき、院長室を訪れた本郷は、理事会の決定を彼らに伝えたことを八雲に報告していた。

「そうか……どうだった？」

本郷はおもむろに話しはじめる——。


「俺はこの解散を、心から喜んでいる」

動揺する一同を見回して本郷は続ける。

「お前たち夜間専門の医師を雇って以降も、救命救急センターは残念ながら赤字続きだ。だがいっぽうで、病院全体で見れば夜間の受け入れ件数が増えた分、各科の入院患者やオペ数も増え、大きな収益につながっている」

話の方向が変わってきて、皆は戸惑う。

「そこで、この制度をさらに普及するために全国各地にある柏桜会グループの主要病院でも実施することに決まった」

「！」

「それって……ナイト・ドクター制度が正式に認められたってことですか⁉」

「え、じゃあなんで解散に？」

美月と深澤の問いに、本郷が答える。

「お前たちに、その主要病院でおのおの働いてもらいたい」

驚く一同に、本郷はその理由を告げた。

「そこにいるスタッフたちがナイト・ドクターとして定着するよう、これまで培ったノウハウや信念を伝えてほしい」

「ちょっと待ってください」と幸保が話をさえぎり、さらに桜庭が確認する。

「五人バラバラに……各地の病院で働けと？」

「そのとおりだ」

「そんな……無理ですよ！」と深澤が大きな声をあげる。「俺、ひとりじゃ……」

美月は事態を把握しようと懸命に頭の中で整理する。

ナイト・ドクター制度が認められたのはうれしいが、話の展開が急すぎる。

代弁するように成瀬が言った。

「ずいぶん急な話ですね。こっちの事情は関係なしですか？」

「嫌ならもちろん断ってもらってかまわない。お前たちが各地に散らばって働いたところで、夜間の働き手が増えなければ、どうせこの制度はすぐ廃止されるだろうしな」

「……」

「お前たちの人生だ。お前たち一人ひとりが自分と向き合って、答えを出せ」

そう言い残すと、本郷はその場を去った。


「彼らはどんな決断を下すんだろうね……」

話を聞き終えて八雲がつぶやく。

「さあ……どうでしょう」

突き放したように答えながら、本郷の顔にはかすかな笑みが浮かんでいる。

＊＊＊

新村とともにICUに運び込んだ患者の土居邦夫(どいくにお)を桜庭が診ている。

「頚静脈が怒張してる……」

「先生、橈骨動脈の触れが弱いです」

急いでエコーを土居の胸に当て、モニター画像を確認する。

心嚢内に液体貯留……心タンポナーデだ。

桜庭は新村を振り向いて「成瀬は？」と聞く。

「さっき運ばれてきた急患の処置中です！　ほかの先生たちもいないし……本郷先生、呼びますか？」

苦しむ土居を見て、桜庭が決断した。

「俺が処置する」

「え？」

「心嚢穿刺キット持ってきて！」

「はい！」


ゴミ処理場の現場では深澤がプレス機に右下肢をはさまれた作業員、鳥山の挿管を終えたところだった。しかし、故障したプレス機が頑丈で、レスキュー隊員たちは救出に手間どっている。舞子が焦って深澤に告げる。

「先生、このままじゃ失血で心停止しちゃいますよ」

そんなこと言われなくてもわかってるって……！

舞子の言葉を聞いて押田と足立が顔色を変える。

「おい、何してんだよ！　早く助けろよ！」

「先生、お願いしますよ！」

不安からか深澤の手が小さく震えはじめる。

「深澤先生……」と舞子がうかがったとき、スマホが鳴った。

飛びつくように深澤は電話に出た。

「はい、深澤です」

「そっちは大丈夫か？」

スマホの向こうから聞こえてくる成瀬の声に、こわばっていた深澤の表情がゆるむ。

「そろそろ弱音を吐いてる頃だろ」

「成瀬先生……」

「状況を伝えろ」

「はい。今、現場でプレス機に右足を巻き込まれた右下肢不全断裂の患者さんにCATで一次止血をして挿管しました。でも救出にはまだ時間がかかりそうで、ショックがかなり進行しています。どうしたら……」

すばやく患者の状態と現場の状況を思い描いて成瀬は言った。

「右脚はあきらめるしかないんじゃないのか？」

「え?」

「その場にいる医師はお前だ。決断できるのは、お前だけだ」

「……」

深澤は鳥山へと視線を移す。血の気を失い、その顔は蒼白になっている。ふいに、「俺、死にたくねえよ……」と訴えた鳥山の声がよみがえる。

死なせたくない……！

「右足を……切断します」

深澤の言葉に、「切断!?」と見守る同僚たちが騒然となる。それを無視して、深澤は舞子を振り向く。

「ボーンソーの準備、お願いします」

「……はい」

「それでいい」と成瀬が深澤に声をかける。「まずは軟部組織を処理しろ」

「はい」

スピーカーに切り替えたスマホを置くと、深澤は大きく息を吐く。

「益田さん、メスください」

かろうじて手を動かせるくらいのスペースしかない車両の下で、美月はなんとか永見の静脈路確保に成功した。

「どうですか？」と外から星崎が声をかけてくる。

「おそらく緊張性気胸……。多発肋骨骨折でフレイリングもありそうです」

「かなり重症ですね……」

「すぐにでも胸腔ドレナージをしたいのですが、スペースが……」

モニターをチェックしていた看護師が、「先生！」と叫ぶ。「サチュレーションが下がってきています！」

美月は急いで永見の脈を確認する。

「触れも弱くなってる……救出まで、あとどれくらいかかりそうですか⁉」

星崎は車両の押し上げ作業を続けるレスキュー隊員に確認すると、美月に報告する。

「まだ二十分はかかるかと」

「二十分……それだと患者さんはもたない……」

焦りながらも美月は必死に考える。やはり選択肢は一つしかない。

「胸腔穿刺……」

「え？　でも胸部は突起部分に圧迫されてますよね？　どうやって……」

「反対側に回り込んで、ほかに穿刺できる場所がないか探します」

「！」

「16Gのサーフロー、準備お願いします！」

「わかりました！」と看護師が応える。

突起物で顔は見えないが、苦しそうな浅い息づかいは聞こえてくる。美月は思わず永見の右手を握った。

「永見さん、わかりますか？」

さっきのような反応はもうない。

「苦しいですよね？　でもあと少しの辛抱ですから！　私はよく同僚に負けず嫌いって言われるんです。永見さんのことも、絶対に助けますからね！」

思いを込めて、美月は永見の手を強く握った。

「頑張りましょう」

車両の下から這い出ると、美月はすぐに反対側へと回る。背中側のほうがまだ空間は広く、作業スペースも確保できる。

これなら……！

幸保は珠美の胸に慎重にカテーテルを入れていく。ドレーンバックにつないだとき、チューブ内を血液が流れはじめた。止まる気配がなく装置に血液が溜まっていく。

「え……先生⁉」と動揺した看護師が幸保をうかがう。

「大量血胸……」

このままドレナージを続けるべきか……でも、もし出血が止まらなかったら……。

短い時間に幸保は頭をフル回転させる。

運を天に任せていてはダメだ。

意を決して、幸保は言った。

「開胸して肺門クランプします」

「え？」

「サテンスキーで肺門を遮断します。開胸セットください！」

「この場で開胸を⁉」

驚いた看護師が聞き返す。

「ここで一次止血しないかぎり助からない……。やるしかないんです！」

幸保の強い覚悟のほどに、看護師は弾かれたように準備を始めた。

鳥山の右脚の骨回りの軟部組織をメスで処置し、深澤は舞子に言った。

「ボーンソーください」

「はい」

かたわらに置いたスマホから成瀬の声が飛ぶ。

「血管を巻き込まないように気をつけろ」

「はい……」

深澤が舞子からボーンソーを受け取るのを見て、足立が目を見開く。

「本当にやるのか……」

急におじけづいたように、「おい先生、こいつの身体を何だと思ってんだよ！」と押田が深澤に食ってかかる。「モノじゃねえんだよ！　ほかに方法はねえのかよ!?　歩けなくなったら……こいつはこれから、どうやってやっていくんだよ！」

押田に同調するようにほかの従業員たちも騒ぎはじめる。

「静かにしてください！」

さっきまでのおどおどした様子とは一変、深澤の迫力ある怒声に皆は口を閉じ、驚きの表情で深澤を見つめる。

「自分は……生きたくたって生きられなかった人たちをたくさん見てきました。でも鳥山さんは、今なら助けられます！　彼に生きてほしいと思うなら黙ってください！」

深澤の言葉に、その場が静まり返る。

そんな深澤を舞子は頼もしいと思い、電話越しに聞いていた成瀬の口もとにも笑みが浮かぶ。

「切断します」

骨を削る鈍い音が鳴り響くなか、押田たち同僚は涙で頬を濡らし、顔をゆがめながら、祈るような気持ちで鳥山を見守っている。

ＩＣＵで土居の心嚢穿刺を行っていた桜庭は、想定外の事態に直面していた。針が入ったのにシリンジまで心嚢内の血液が上がってこないのだ。

「血液が抜けない……」

「どうして……」

戸惑う新村に桜庭が言う。

「血液が凝固してるんだ」

「え……どうするんですか⁉」

穿刺で効果がなければ、残る方法は一つしかない。

桜庭はすぐに決断した。

「心嚢開窓する」

「！」

不安そうな新村に、「大丈夫」と桜庭は微笑む。

「メスとペアン、それからクーパー用意して」

＊　＊　＊

珠美を乗せたストレッチャーを押しながら、幸保が初療室に入ってきた。すぐさま成瀬が駆け寄り、幸保とともに珠美を処置台へと移す。

「栗山珠美さん、三十六歳。肺裂傷による大量血胸で、現場で肺門クランプした」

「お前が？」と思わず成瀬は尋ねた。

「ほかに誰がいるの？　早くクラムシェルするよ」

テキパキと看護師に指示する幸保を頼もしそうに見つめ、成瀬は手術の準備を進める。

そこに新村が駆け込んできた。

「どうした？」

「桜庭先生が今、心タンポナーデの患者を処置してて、心嚢開窓をするって……」

「心嚢開窓?」

「桜庭先生にできるんですかね……」と疑うように言い、新村は申し出た。「成瀬先生、こっちに入ってもらえませんか?」

「……あいつの指示に従え」

「え?」

「正中線から外れないように。それと背側深部に向かって剥離を進めろと伝えておけ」

「……わかりました」

想定外の成瀬の反応に戸惑いつつ、新村は手術器具を手に初療室を去っていく。見送る成瀬に幸保が笑いかけた。

「ちょっと前まではさんざんひとの患者横取りしてた人がねー」

「お前こそ、ずいぶん洒落た格好をするようになったもんだな」

幸保のスクラブからはみ出した白いカットソーの袖は機械油でかなり汚れている。珠美の処置をしているときについたのだろう。

「そりゃどうも」

新村がＩＣＵに戻るや桜庭はすぐに心嚢開窓手術を開始した。成瀬のアドバイスに従い、メスで胸を開き、ペアンで剥離していく。やがて心膜が見えてきた。

「クーパー」

「はい」と新村が手渡す。この数分間の冷静な手技を見て、新村は桜庭への評価を劇的に改めていた。

クーパーで心膜を切開し、心嚢に開いた穴にカテーテルを挿入。やがて血液が排出されてきた。

「よし……」

新村はAラインの数値を確認すると、桜庭に言う。

「血圧、上昇しました！　すごい……」

「すぐに造影ＣＴを撮ろう」

「はい！」

安堵はしたものの、初めて自らの手で患者を救ったときのような喜びは湧いてこなかった。もう特別ではない、これが日常になったのだ。

患者の移動の準備をしながら、桜庭はふとそんなことを思っていた。

走る救急車内で、深澤と舞子が切断手術を終えた鳥山の管理をしている。付き添ってきた足立がボソッと深澤に尋ねた。

「生きてさえいれば、またこいつと働けますよね？」

「え？……」

「こいつ、いつも言ってたんです。ゴミ処理場の仕事は人が生きていくうえで絶対必要なはずなのに、汚いとか臭いとか誰もやりたがらない仕事で……でも、いつかそんな状況を変えてやるって」

足立はスマホを取り出すと、深澤に差し出した。画面をスクロールし、さまざまなゴミ処理場の写真を見せる。まるで美術館のような美しい建物やテーマパークのような外観のユニークな建物まで、どれもゴミ処理場のイメージとはかけ離れたものだった。

「昔は近寄りがたかったゴミ処理場が、今は多くの人でにぎわう観光スポットに変わったところだってあるんです。俺たちが働く職場も、いつかこんなふうに誰かに憧れを持たれる場所にしたいって、鳥山いつも言ってて」

深澤は麻酔が効いて眠る鳥山に視線を移し、言った。

「……生きてさえいれば、きっと叶えられます。それに、鳥山さんには……あなたのような仲間がたくさんいるじゃないですか」

「……はい。そうですね」

ふたりのやりとりを、舞子が笑顔で聞いている。


幸保が手術を終えた珠美をＩＣＵに運ぶ準備をしている。そこにストレッチャーを押して、深澤が初療室に入ってきた。

「やっと戻ったか」と幸保の顔に安堵の笑みが浮かぶ。

深澤は鳥山を処置台に移すと、成瀬に言った。

「この患者は最後まで俺が診ます」

「わかった」


ＩＣＵで桜庭と幸保がそれぞれの担当患者、土居と珠美の全身管理をしていると、深澤が処置を終えた鳥山を運んできた。

土居、珠美、鳥山と並ぶベッドの横に、もう一つ空いたベッドが置かれている。それにチラと目をやり、桜庭は言う。

「……美月ちゃん、遅いね」

深澤と幸保も時計を気にする。

美月がここまで手間取るということは、かなり厳しい現場なのだろう。むちゃをしてなきゃいいけど……。

自分の目の前で美月が倒れたときのことを思い出した深澤は、嫌な想像を打ち消すように軽く首を振った。

美月はまだ電車の狭い車両下にいる。

背中側から永見の左わき腹を触診し、穿刺場所を探る。

「ここだ……」

迷うことなく美月は注射針を刺す。胸腔内に達した瞬間、プシューという噴出音とともに空気が抜けていく。

車両の下を覗き込んでいた星崎が、「抜けた」と思わず声を漏らす。永見の呼吸も徐々に改善しはじめる。

「脱気完了。これから挿管します」

「え……ここで挿管も!?」

美月は看護師に鎮静薬を注射させると、永見の口に左の人さし指を差し込む。

「チューブください」

渡された気管チューブを自分の指に沿わせ、挿管していく。

これで救出までどうにかしのげれば……。

美月は車両の下から這い出ると、成瀬に連絡を入れた。

現状を伝え、病院に戻り次第すぐに適切な処置ができるよう準備を頼む。

「わかった。準備しておく」

十五分後、永見はようやく救出された。シートの上に寝かされた永見の容体を、美月は急いで確かめる。

「脱気が足りない……左胸腔ドレーンを挿入します！　チェストチューブ！」

「はい！」と看護師が胸腔ドレーン用の器具を渡していく。

美月が見事な手技で処置を進めるのを、ストレッチャーを手に待機しながら星崎が、固唾をのんで見守っている。

チェストチューブの挿入を終えて美月は看護師に言った。

「ドレーンバック！」

ハッとなった看護師の顔がみるみる青ざめていく。

「すみません。持ってきてません……」

「！……」

ドレーンバックがなければチューブを通じて空気が胸腔内に入ってしまい、ドレナージをした意味がなくなる。

どうすれば……。

これまでの数多の経験がすぐに答えを導き出す。

美月は左の滅菌手袋を外すとそれを裏返した。指先を切り、その部分をチューブにつなげる。

いけるか……。

やがて永見の呼吸に合わせ、手袋が膨らんだりしぼんだりしはじめた。

安堵しながら美月は告げる。「脱気できました」

星崎も大きく息を吐いた。

「これで搬送できます。急ぎましょう」

「はい！」

救急車内で永見は意識をとり戻し、うっすらと目を開けた。

「永見さん？　わかりますか？」と声をかけて美月は看護師に指示する。「ミタゾラム2cc追加してください」

「はい！」

永見はわずかに右手を美月のほうへ動かす。訴えかけるような瞳に、美月は戸惑いながらもその手を握った。

すると、永見の目から涙がこぼれ落ちた。

「!?」

ああ、この手だ……。

孤独な暗闇のなか、激しい痛みと死の恐怖で押しつぶされそうになっていたとき、誰かが自分の手を握りしめてくれた。

「絶対に助けますからね！」

手の主から発せられたその言葉こそ、暗闇に差した一筋の光だった。

いつの間にか恐怖は消え去っていた。

ありがとう……。

永見は美月の手を力強く握り返した。

「！」

こみ上げてくる熱いものをこらえ、美月は永見に微笑んだ。

受け入れ準備を整えた成瀬、深澤、桜庭、幸保が初療室で待っている。救急入口のほうからストレッチャーの車輪の音がして、美月が姿を現した。

「永見直人さん、四十八歳。左緊張性気胸。フレイルチェストに対し、現場で胸腔ドレーンを挿入してあります」

「急いでサーベイするぞ」

成瀬の声と同時に、深澤、桜庭、幸保が美月のもとへと駆け寄っていく。

今は五人で力を合わせて――。

＊＊＊

屋上で風に吹かれながら、濃紺から薄い水色へとグラデーションしていく夜明け前の空を、美月がぼんやりと眺めている。

頭の中でリフレインするのは、「自分と向き合って、答えを出せ」という本郷の声だ。

「……」

そこに成瀬、幸保、深澤、桜庭がやってきた。

「やっぱりここにいたか」

「黄昏ちゃって。何サボってんの？」

「まあ、黄昏たくなる気持ちもわかるけど」

「だよね。こんな夜は」

そんなことを言いながら、美月の横に並んで夜風に当たる。

「私さ……」と前を向いたまま美月は切り出した。「自分たちだけがどこか特別なような気がしてた。でも、そうじゃないんだよね」

「どういうこと？」と桜庭が尋ねる。

美月はポケットからワイヤレスイヤホンを取り出して四人に見せる。

「救助した永見さんが持ってた。点検中に見つけて、拾ったみたい。最近、線路に落としちゃう人が増えてるみたいで。でも、こんな小さな物でも何かの事故につながって、多くの人を危険にさらしてしまうかもしれないんだよね」

「……」

「それを防ごうと、毎晩たくさんの人たちが点検してくれてる。私たち以外にもいるんだよね。夜に働く人たちは」

すぐに幸保はエスカレーターの点検穴で油にまみれで倒れていた珠美の姿を思い出す。

「私もさ、今日現場に行ったとき……普段何げなく使ってる物の裏には、人知れず修理してくれてる人がいるんだなって思った。そういう人たちが夜間に安心して働けるためにも……やっぱりナイト・ドクターは必要だよね。ここだけじゃなく、いろんな場所に」

「……」

「俺さ……」と桜庭が続く。「本郷先生にあの話をされたとき、正直怖かった。みんながいない場所で、俺ひとりで……本当にやってけんのかなって」

「……」

「でも土居さんを処置したとき、高岡に借りたＤＶＤとか深澤と読んだ論文とか、美月ちゃんや成瀬のサポートについたときのこととか、いろいろ思い出して……全然怖くなかった。べつに俺はどこにいたって、ひとりじゃないって思って」

「桜庭……」と美月が感慨深そうに目をやり、幸保が微笑む。

黙って聞いている深澤に、成瀬が振った。

「深澤はどうなんだ？」

「俺は……今日行ったゴミ処理場で……正直ゴミ処理なんて誰もやりたがらない仕事だと思ってた。でもそこで会った人たちは、自分の仕事にちゃんと夢や誇りを持ってて、それを実現しようと一緒に働く仲間がいて……」

それが自分の姿に重なったのだ。

「俺も、最初にここに来た頃は正直、ナイト・ドクターなんて絶対誰もやりたがらない仕事だと思ってた。でも今は……俺がやりたくて、この仕事を続けてる」

「深澤……」とまたも美月の胸が熱くなる。

「俺も」と成瀬が口を開いた。「本郷先生に言われて、ひとつ引っかかってたことがある」

「え？」と幸保が成瀬をうかがう。

「俺たちが各地に散らばって働いたところで、本当にナイト・ドクターをやりたいと思う人材が増えるのかどうか」

「……」

「でも深澤みたいに、やる気なし、度胸なし、技術なしの三拍子そろった人間だって、こうなったんだ。そう考えると、俺たちの頑張り次第では可能性はあるのかもな」

「たしかに！」と桜庭が同意し、「ホント！」と幸保が強くうなずく。「深澤ですら、こうなれたんだもんね！」

「おい！」と深澤がツッコんだ。「失礼だな！」

ひとしきり笑ったあと、美月は四人を見回した。

「じゃあ、みんな……答えは決まったみたいだね」

四人はうなずくと、前を見た。

空を橙色に染めながら、海の向こうに朝陽が昇りはじめた。

人知れず、夜に働く人たちがいる。そのおかげで――

時刻どおりに走る電車。

ゴミのない、きれいな街並み。

いつも通りの通勤場所。

そこには、私たちの知っている当たり前の朝がある。

私たちナイト・ドクターに課せられた使命。それは――

夜の病院を守るだけじゃない。

この当たり前にあるはずの毎朝を、きっと守ることなんだ――。

＊＊＊

一か月後――。

柏桜会ときわ中央病院のテラスで、スクラブ姿の美月がテーブルに置いたスマホに向かって、「おなかへったなあ～」とつぶやく。画面には、幸保、桜庭、成瀬、深澤のアイコンが映っている。グループ通話をしているのだ。

「引っ越しの片づけしてたら、夕飯食べそこねちゃって」

「出勤初日から何やってんの」

柏桜会なにわ第一病院の女子更衣室、鏡の前で新しいスクラブの見映えをチェックしながら、幸保がツッコむ。

「私なんて緊張して、三時間前からスタンバってるっていうのに」

「え、高岡でも緊張とかするの？」

そう尋ねる桜庭がいるのは、柏桜会くすのき総合病院の男子更衣室だ。

「桜庭、あんたは私をなんだと思ってるわけ？」

柏桜会いずみ医療センターの休憩室ではカップラーメンをすすりながら、「電話越しに喧嘩をするな」と成瀬が割って入る。「メシがまずくなる」

「その音はラーメン!?　食べたい……」

美月がつぶやいたとき、「え!?　ウソでしょ!?」と幸保が素っ頓狂な声をあげる。

「何!?　どうしたの!?」とすぐさま桜庭が反応する。

「高岡？」

通知音とともに一同のもとに幸保から写真が届いた。幸保と同じオレンジ色のスクラブを着た太一と優二の兄弟ドクターが医局に入る姿が写っている。

成瀬は思わずラーメンを吹き出しそうになる。

「え、ウソでしょ。助っ人救急医のふたり!?」

「なんで高岡と同じ病院にいるわけ?」

医局の隅に身を隠すようにして、桜庭と美月に幸保が答える。

「こっちが聞きたいよ。せっかく新しい出会いが待っているかと思いきや……」

幸保に気づいた太一と優二が笑顔で近づいてきた。

「高岡ちゃん、明日の朝、一緒にメシでも食いいく?」

「仲よくやろうよ。俺たち、同じ寮なわけだし」

「同じ寮!? そんな……」

絶句する幸保に、四人は爆笑する。

「そういえば」とまだ肩を揺らしながら、桜庭が言った。「本郷先生、元気かな?」

「あの改革案、満場一致で通したらしいよ」

美月が、人づてに聞いた理事会での本郷のプレゼンの様子を話しはじめる――。

本院の会議室、会長の麗子と幹部たちを前に白衣姿の本郷が語っていく。

「ナイト・ドクター制度には、まだまだ問題点があります。たとえば、未回収のままの医療費。これに関しては、夜間専門の医療支援ワーカーを採用していただきたい。彼らに無保険患者のサポートを一任することで、いつでも患者の不安に寄り添えるだけでなく、医者がもっと治療だけに専念できる環境を整えていただきたいんです」

本郷の話に麗子はうなずく。

「さらに、容体の安定した重症者をほかの病院に転院させる『くだり搬送』を積極的に取り入れたいと思います。治療を終えた患者なら研修医や新人医師でも受け入れ可能ですからね。我々はあいたベッドの分、また新たな患者を受け入れることができます」

即座に麗子が疑問点をぶつける。

「ですが、くだり搬送を行うためには周囲の病院との連携を図り、受け入れ先を的確に見つける必要があります。そんなこと医師のあなたたちにできるんですか？」

「そこで、その道のプロである新たな人材を仲間に取り入れたいと思います」

「本郷先生が仲間に加えたのが、なんと星崎さん！　最初から彼に目をつけてたみたいだよ。まさに適任だよね」

美月の話に聞き入っていた桜庭が、「やっぱすごいなあ。本郷先生は」と感動した面持ちで語る。

「そういうお前は？」と成瀬が尋ねる。「相変わらずビジネススクールとの両立、忙しいのか？」

「それがさ……」と桜庭は、麗子から今後の進路に関しては自分の判断で決めていいと許可をもらったことを話しはじめる。

「なんか、俺の本気をわかってくれたみたいでさ。やっと子離れしてくれて助かったよ。ま、ビジネススクールをやめる気はないんだけどね」

「え、そうなの？」と幸保が意外そうに尋ねる。

「だってほら、救急医の医者寿命、延ばすミッションがまだ残ったままだし。みんなの未来は俺が守らなきゃね～」

相変わらずの軽い返しに、美月は笑った。

「期待してる」

「それにしても……」と成瀬がさっきから気になっていたことを口にした。「ひとりだけやけにずっと静かだな」

「そういえば深澤は？」と幸保が今さらのように尋ねる。

「え、つながってるよね？」と美月が思わずスマホを確認する。

「どうせふてくされてるんでしょ」

桜庭の声を、あさひ海浜病院の医局で深澤が不機嫌そうに聞いている。

「ひとりだけ残留だったから」

「残留って言うな！　残留って！」

ようやく深澤が声を発した。

「本郷先生に、まだほかの病院には出せないって思われたんだろうね」

幸保の見解に、桜庭がうなずく。

「かわいそうに」

「同情するなよ！」

深澤がイライラしだしたので、美月が話題を変えた。

「それより心美ちゃんは元気？　退院したんでしょ？」

「そうそう、そうなんだよ」と深澤の声が急に明るくなる。

「おめでとう」

幸保が素直に祝福したので、今度は成瀬が嫌みに回る。

「今頃、彼氏と楽しい時間を過ごしてるかもな」

勇馬とラブラブデートをしている心美を想像し、「ないない、絶対にない！」と深澤は叫ぶ。「門限は六時に設定してるから」

「は!? 厳しすぎでしょ」

幸保はあきれ、桜庭も「どこの昭和の親父だよ」とツッコむ。

ラーメンを食べ終えた成瀬が、みんなに言った。

「おい、そろそろ時間だろ」

美月はハッとした。みんなはもう職場みたいだが、自分は医局にすら入っていない。

「行かなきゃ。じゃ、またね」

電話を切ると、美月は立ち上がった。

ふと窓の外を見ると、丸い月が夜空に浮かんでいる。


スタッフステーションに深澤が入ると、急患が搬送されたばかりなのか、初療室で嘉島たち昼間のスタッフが忙しそうに動く姿が目に飛び込んできた。

「根岸! グルコン酸カルシウム持ってこい!」

「もう投与してます」

「!?」

手際よく処置を進める根岸を見て、嘉島はふっと笑みを漏らす。

その光景に、深澤の隣に立った舞子がつぶやく。

「過労死寸前だった根岸先生も今じゃ見違えたわね」

新村も寄ってきて、言った。

「それになんか増えましたよね？　女性の救急医」

根岸と一緒に処置をしているのは、自分と同世代の若い女性医師だ。

「あ、やっぱそうだよな」と深澤が返す。

「気づいたかい？」

声に振り返ると、ニコニコと笑みをたたえた八雲が入ってきた。

「八雲院長！　お疲れさまです」

「お疲れさま」と深澤に返すと、八雲は初療室へと目を向けた。「定時で帰れるし、週休二日制ならばここで働きたいという女性も増えてね。ちゃんと休んで働ける環境が整えば、働ける人材の幅も広がる。まさに私の狙いどおりだ」

自画自賛の八雲に、深澤はうなずく。

「はい」

「この輪がもっともっと、これから広がっていくといいね」

八雲の声を聞きながら、深澤は遠く離れた場所で働く、同じ志を持った仲間たちを思い浮かべる。

ホットラインが鳴り、僕らは救急入口へ飛び出していく。

違う色のスクラブを着てはいるが、その背には同じ文字が記されている。

『Night Emergency medical center』——僕らは夜の救急医だ。


夜空に月が昇る。

それは私たちにとって闘いの合図だった。

でも、今は——

どんな夜空もつながっていることを伝えてくれる、希望の光だ。

同じ時代の、同じ夜の下。

明けない夜はないと、胸を張って言えるその日まで。

私たちは、受け入れる。

CAST

朝倉　美月…………………… 波瑠
成瀬　暁人…………………… 田中　圭
深澤　新……………………… 岸　優太（King & Prince）
高岡　幸保…………………… 岡崎　紗絵

桜庭　瞬……………………… 北村　匠海

根岸　進次郎………………… 一ノ瀬　颯
益田　舞子…………………… 野呂　佳代
新村　風太…………………… 櫻井　海音

嘉島　征規…………………… 梶原　善
桜庭　麗子…………………… 真矢　ミキ
八雲　徳人…………………… 小野　武彦

本郷　亨……………………… 沢村　一樹

■ TV STAFF

脚本：大北はるか

音楽：得田真裕

プロデュース：野田悠介

演出：関野宗紀、澤田鎌作

制作著作：フジテレビジョン

■ BOOK STAFF

脚本：大北はるか

ノベライズ：蒔田陽平

ブックデザイン：市川晶子（扶桑社）

校閲：小西義之

DTP：明昌堂

ナイト・ドクター（下）

発行日　2021年9月22日　初版第1刷発行

脚　　本　大北はるか
ノベライズ　蒔田陽平

発 行 者　久保田榮一
発 行 所　株式会社 扶桑社
〒105-8070 東京都港区芝浦1-1-1 浜松町ビルディング
電話　03-6368-8870（編集）
03-6368-8891（郵便室）
www.fusosha.co.jp

企画協力　株式会社フジテレビジョン
製本・印刷　中央精版印刷株式会社

ISBN 978-4-594-08938-2